U0540361

[日] 又吉直树
[日] 吉竹伸介 著

那本书是

吕灵芝 译

NEWSTAR PRESS
新星出版社

序言

那本书,
封面写着两个人的名字。

那是由某个王国制作的书。
书的梗概,
是这样的。

从前有个国王,他很喜欢书。

国王已经年迈,

眼睛几乎看不见了。

这天,国王叫来两个人,

对他们说:

"我喜欢书,至今已看过很多书。

"这世上的书,我几乎都看过了。

"可是,现在我的视力越来越差,已经不能看书了。

"即便如此,我还是喜欢书。所以,我想听听关于书的故事。

"我希望你们到世界各地,

"找到了解'珍奇异本'的人,

"听他们讲讲书的故事。

"然后,再将那些故事说给我听。"

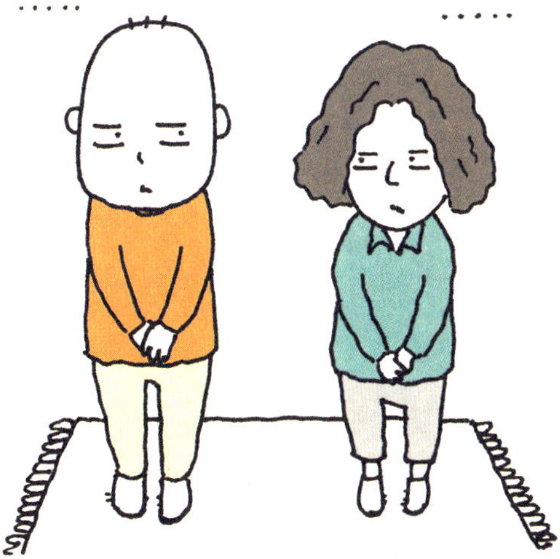

国王给了二人环游世界的盘缠，他们踏上了旅途。

一年后，他们结束旅程回来了。

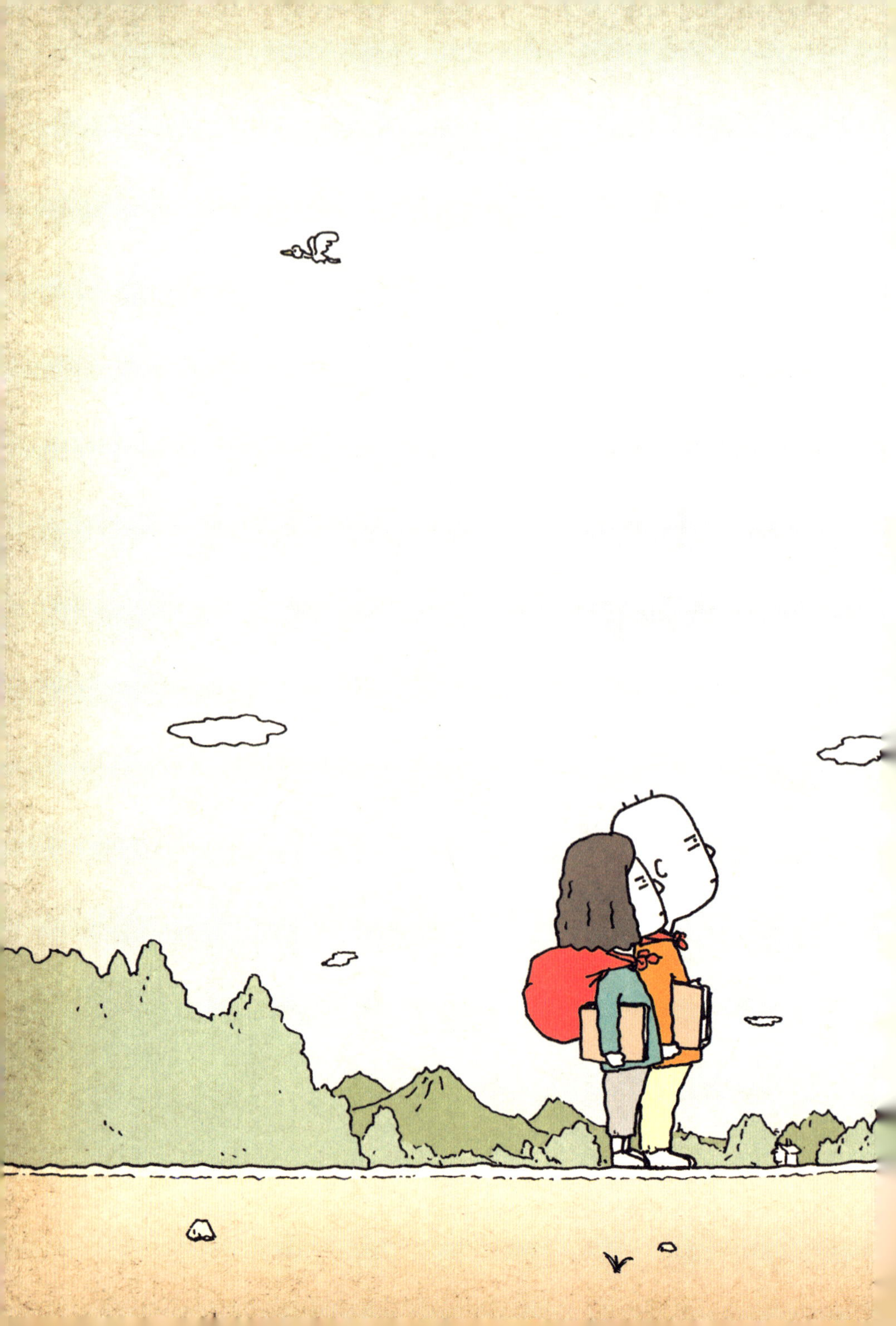

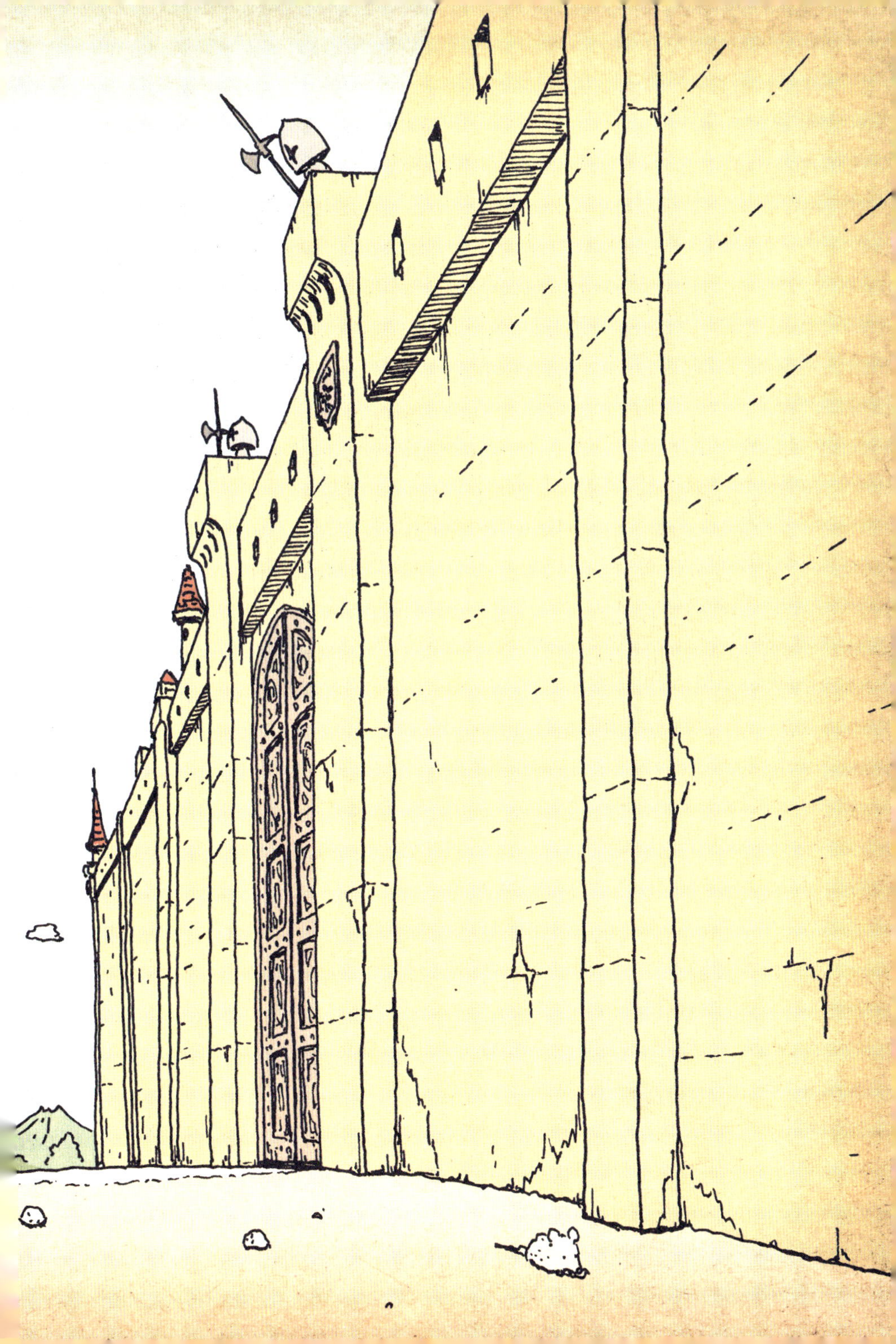

国王此时已经卧病不起,
于是二人每人一晚轮流觐见,
给他讲述他们从各种各样的人口中听来的
各种各样的书的故事。

"有个人说,那本书……"

第1夜

㊟那本书跑得快极了，谁也看不到上面的字。

因为人的速度压根追不上，他们不得已派出了猎豹，才看清书的封面。

现在他们发愁的问题是，如何才能向猎豹打听到封面上印着什么。

(那)套书是双胞胎。

因为是双胞胎,外形和内容都很相像。

要分清它们,就得像扔纸飞机一样把书扔向空中。

一扔就展开书页啪嗒啪嗒飞舞的是姐姐。

一扔就大喊"喂!"的是妹妹。

（那）本书在被警察追捕。当警察找到它住的公寓时，邻居说："你要找隔壁的吗？它几天前就搬走了。"

那本书被全国通缉，到处都传来了它的线索，可是警察仍旧没能抓住它。警察又从头开始了调查，后来总算把它抓获。

警察在第八卷的家附近找到了它，发现那本书是第七卷的警察立了大功。

㊀本独此一本，但是南北狭长，上面住着许多人，浮在辽阔的大海上。那本是什么？

　　提示：春天樱花盛开，夏天有七夕节，秋天红叶满枝头，冬天钻进被炉剥橘子。

　　答案是：日本。

那本书世界第一浪漫，把它放在月光之下，给它听爵士乐、喝红酒，会使它变得更有深度。

㊁本书掉在地上，会像篮球一样弹起来。喜欢书也喜欢篮球的朋友，都爱像运球一样运着书上学。

那本书用作枕头有点高了,小心垫得脖子痛。

㉛ 本书翻页的时候,"哗啦"得有点快。

有时还没来得及翻,它就"哗啦"了,真气人。

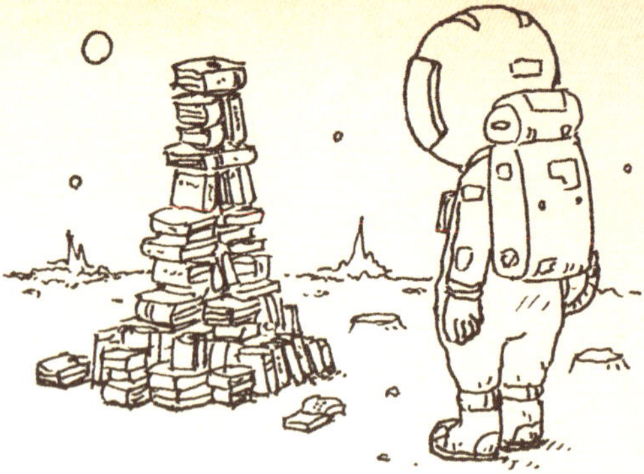

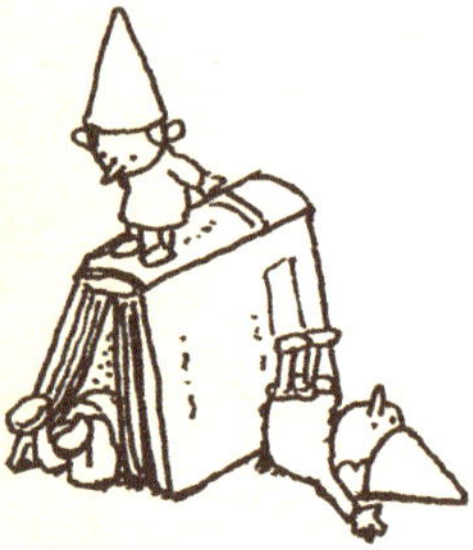

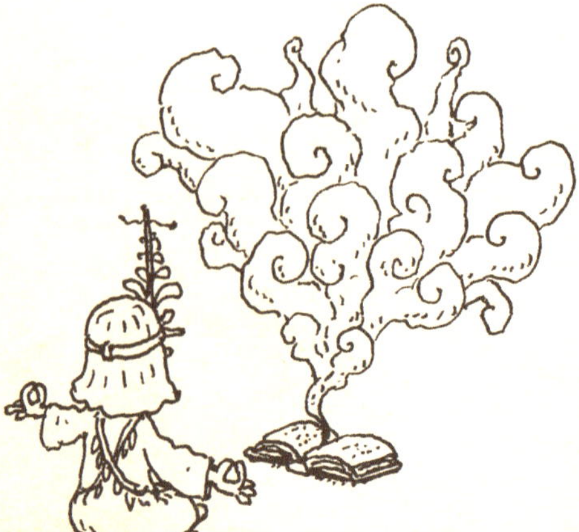

第2夜

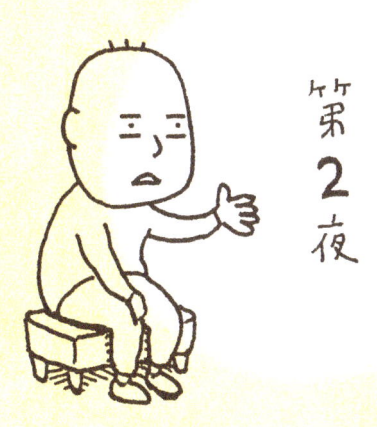

| 那本书，

全国人手一本。

每个人刚生下来，
就会由国家配发一本。

书上写着国家的理想和必要的牺牲，
还有国民的义务和应缴的税金，
以及保障等各种事项。

上面还写着，每当国家有令，
国民就要吞下最后那张紫色的书页，
与国家成为一体。

| 那本书, |

被我1岁的儿子
撕成了碎片。

恩师推荐:"这是书写了世间真实的名著。"
所以我买回来放在家中,
准备有空再拿出来阅读。

最重要的部分，
已经没法读了。

不过，这本书现在的状态，
好像才是世间真实的样子，
所以我一直没能丢弃它。

> 那本书，

在那个星球，是最可怕的存在。
因为它被施加了诅咒：
"翻开那本书的人，
不出3页必定会死。"

当那本书通过某个渠道
被送到地球时，
引起了一时的轰动。

但是研究结果表明，
"3贝"相当于地球上的800年。
所以如今地球上没有人害怕它了。

现在它被收藏在千叶县的图书馆，
随便什么人都能读。

| 那本书, |

模模糊糊的。
轮廓和文字都很模糊,
怎么都看不清楚。

多年以来,人们一直将它视作谜一样的书。
但是一次巧合,让人们发现了意外的事实。

小孩子似乎能读懂那本书。
越是小的孩子,
就越能看清里面的内容。

人们开展了进一步的研究,
想问出那本书的内容。
但是随着孩子们记住书中的话, ……？
要转达给大人时,
那本书就越来越看不清了。

那是一本只有小孩子才能看、能理解、能记住的书。
最终，人们只研究明白了这件事情。

拉(la)本书,

夹在唆(so)的书和西(si)的书之间。

第3夜

㉠本书，靠吃书签长大。

一开始，人们很害怕那本书，但它从来只吃书签。有人试着在书里夹一张纸，或是夹一片保鲜膜包着的薄肉片，但那本书只吃书签，别的什么都不吃。知道这件事后，那本书卖出了高价。书的主人只需向人们展示它吃书签的样子，就能赚到比买书钱多出无数倍的钱。

那本书转手了许多个主人，去过许多个国家。它越长越大，想来书的主人也不敢长期跟它生活在一起吧。

一个真正爱书的好人觉得书总是被人围观，实在太可怜了，于是决定把它买下来。那个爱书的好人并不在乎书奇异的特征，而是想要读书里的内容。她是唯一愿意把那本书当成一本书的人。爱书的好人为了买下那本书，卖掉了自己的房子。周围的人都不理解她的护书之情，连家人都抛弃了她。城里的人都用"沽名钓誉"之类的话来骂她。爱书的好人也不在乎别人对自己投来的恶意，搬进了一个小房间，准备跟那本书一起生活。

后来，她终于买到了那本书。

爱书的好人小心翼翼地把书搬到她的小房间里，对它说："以后这里就是你的家了。"

那天夜里，爱书的好人想翻开书看看，但是没能看成。

几天后，她的朋友联系不上她，就找上门来了。朋友敲了门，里面无人回应，于是就用备用钥匙打开了房门。小小的房间正中盘踞着比照片上更加巨大的书。一团破碎的衣物落在地上的血泊里。

朋友拍打着那本书，呼唤爱书的好人的名字："舒芊——！"

那本书，会挑人。

城中最温和的人想看它，但是翻不开。

总是说人坏话的讨厌鬼，却能轻易翻开。

那本书,世界第一无聊。

那是一个最讨厌书的作家,为了让更多的人讨厌书,经过不断试错写出来的书。

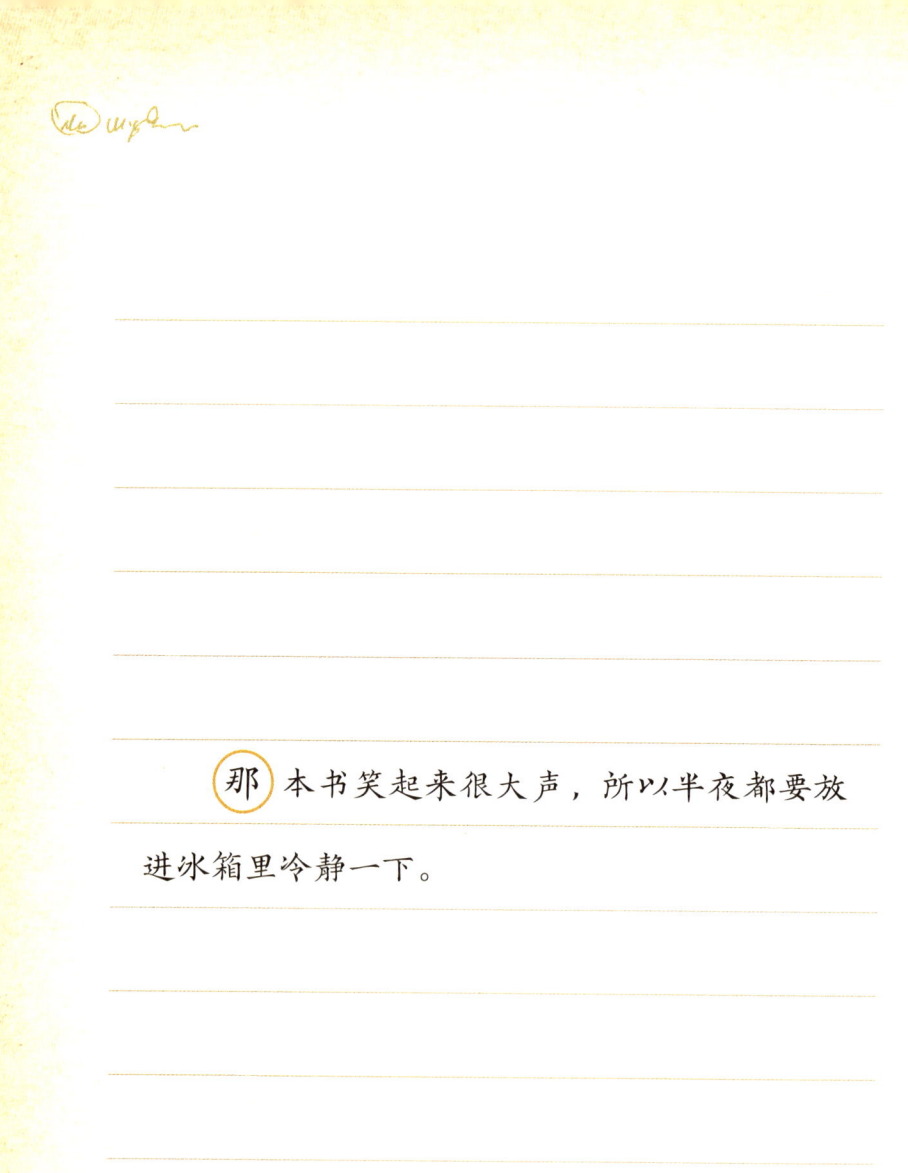

㉟ 那本书笑起来很大声,所以半夜都要放进冰箱里冷静一下。

㊗️那本书从高处落下来，会像猫咪一样在空中翻个身，稳稳落地。

㊀本书浮在河面上，第 16 页的"大猩猩在海上扔球，砸坏了好多舷窗玻璃"中"舷"字里的"舟"，还有第 86 页的"大猩猩奋力一扔铅球，球 15 年都没落下来"中"铅"字里的"㕣"就会跳出来，组成"船"，把书送到岸上。或者，第 23 页的"我以为自己牵住了妈妈的手，没想到那竟是长满黑毛的大猩猩的手"中跳出来一个"自"字，跟第 42 页的"大猩猩发了一封满是♡的邮件"中"邮"字里的"由"组合成"自由"泳，游着把书送到岸上。

　　只不过，自由泳的动作不是很标准。

那本书很温柔。村里人只要遇到不好的事情，或是觉得痛苦，就会去看那本书。一天夜里，村庄被巨大的怪物袭击了。那怪物一直是最让村里人头痛的存在。一夜之间，村子里的房屋遭到破坏，农田也被踩踏，而村中的宝物——那本温柔的书也被怪物吃掉了。村民们悲痛欲绝。

第二天白天，怪物到村里来道歉了。它重建了自己破坏的房子，还把农田恢复了原状。怪物开始帮村民干活，陪孩子玩耍。怪物吃了温柔的书，自己也变温柔了。

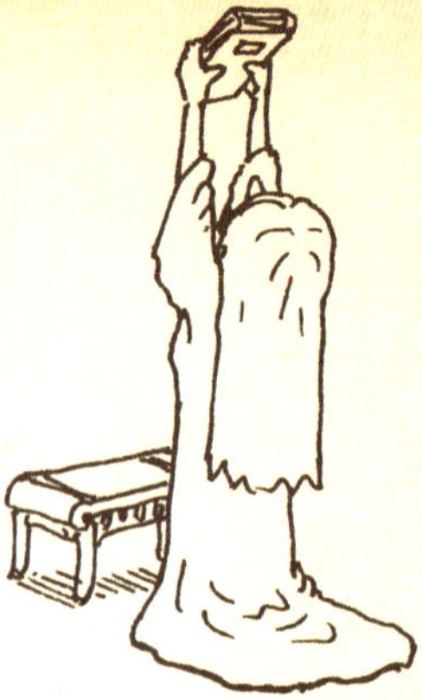

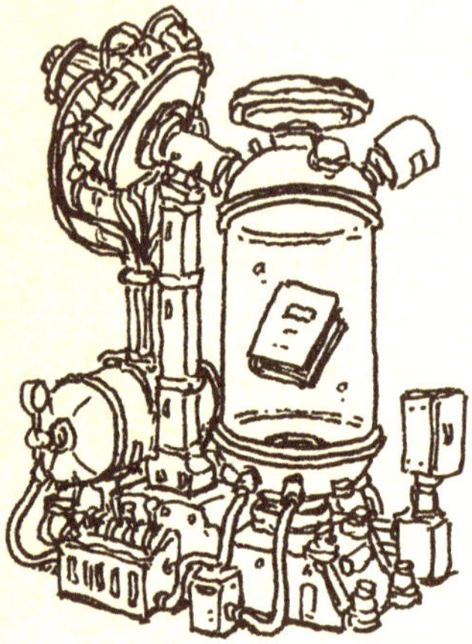

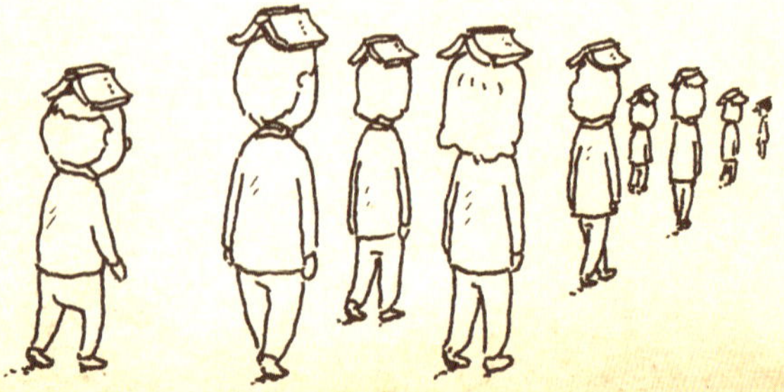

第4夜

那本书,

将来一定会拯救我。
将来一定会给我注入新的价值观。
将来一定会给我带来什么机遇。

将来一定会让我变成有钱人。
将来一定能让我瘦 30 公斤,
全身都是结实的肌肉。

想着总有一天会看的，
就买了回来，
虽然现在还没看。

只要拥有那本书，
我将来一定能脱胎换骨。

> 那本书,

是我5岁那年写的。
我把画纸裁成书页,
请妈妈用订书机装订起来。

我在上面画了小鱼、恐龙
和那时想养的各种动物。
每页画一种。

制作那本书，我非常快乐。
听到妈妈夸我画的东西，
我也特别开心。

现在我以写书为工作，
也许就是为了再体验一次
那时的心情。

那本书，

里面夹着头发。
那是我前些天在旧书店随手买的书。

书里一共有六个章节，
每章的最后一页都夹着一根头发。

长度、颜色，全都不一样。

那本书讲述了真实发生过的
连续杀人案之谜。

| 那本书, |

里面只有很无趣的东西。
前些天我想干脆把它扔了,
但是在扔进垃圾桶前,
发现了一件事。

那本书竟散发着
一股难以言喻的
气味。我好像在
哪里闻到过。

可是我怎么都想不起来
那究竟是什么气味。

我总是惦记着这
件事,每晚睡前
都要嗅一嗅它。

> 那本书，

我打算改天还回去。
那是一个关系不算亲密的
朋友借给我的书。
我当然没看过。

专门还回去也很麻烦，
所以就这么拖延到了现在。
那本书好像还挺珍贵，
我又不能随便扔了。

虽然不清楚那人还记不记得
把书借给了我，
但我也懒得去问。

就这样，那本书
或许会一直留在
我的屋里。

那本书，

被啃掉了四分之一。

第5夜

㊀那本书放在花园里显得很可爱，放在水泥地上显得很孤独，放在丛林里就像野生动物一样。

讨厌的人拿着它一点都不好玩。笑吟吟的人拿着它就特别有趣。

但是那本书放在书架上，又不怎么起眼。

明明内容都是一样的。

那本书总爱说:"我年轻时可受欢迎了。"

它骄傲于年轻时很受欢迎,在书架上作威作福。

别的书心里都觉得"这书真麻烦",但也都默默包容了它。

㉠本书破破烂烂的，是旧书店里最残旧的书。

别的书虽然是旧书，却像新书一样干净，或者至少还算干净。

唯独那本书是破破烂烂的。客人都会小心避开它，去拿旁边的书。

你觉得那本书很可怜吗？

几乎所有书都只被看了一遍，顶多看上三遍，就要放回书架，或是干脆扔掉。但是那本书被原来的主人翻来覆去地看了无数遍。足足看了一百遍，甚至两百遍。那本书是主人小时候妈妈给买的。看第一遍时，主人并不喜欢它，甚至觉得："这本书真无聊。"但老实说，并不是书太无聊，只是主人还小，看不明白。所以过了一段时间，主人又拿出那本书看了一遍。这回主人才发现书里原来讲了这样的内容，明明上回翻开，还什么都看不懂呢。

有了这个发现，主人知道了即使是同一本书，每次翻开都会有不同的乐趣。主人很高兴，于是把那本书翻来覆去看了好多遍，每一次看真的都有新发现。每次去到周围都是陌生人的新环境，主人都会带上那本书，这样就不会觉得寂寞。就好像，那本书在保护自己一样。

主人谈了恋爱，高兴地把那本书推荐给恋人。恋人也看了那本书。他们兴高采烈地就书的话题聊了好久。

主人跟朋友喝酒喝醉了，常常说起那本书教会了自己很多事情，给了自己很多勇气和帮助。那本书每次听到这些，心里都特别高兴。主人老了，也还在看那本书。

主人变成老人后，给孙辈送了一本书名相同的新书。

不过，那本破破烂烂的书永远属于老人。

后来，终于到了那本书与老人分别的时刻。老人已经没有力气翻开摆在床头的那本书，最后只能轻轻抚摸它的封面。

那本书与主人分别后，兜兜转转地来到了现在的旧书店架子上。

那本书回忆起主人年幼的时候，用小小的双手小心翼翼地抱着它，翻动它的书页；接着，它又回忆起主人的手渐渐长大，温暖的双手捧着它翻动书页的情景。

别的书都崭新崭新的，只有那本书又破又旧。

但是那本书很幸福。因为那本书除了拥有书里写的故事，还有属于它自己的另一个故事。

㊀ 本书是一个热门乐队的成员。

我来介绍乐队成员！吉他手大塚！

"叭叭叭叭嗡——！"

接着是贝斯手中村！

"嘟嘟嘟嘟咚——！"

然后是鼓手平井！

"咚咚咚咚锵——！"

最后是，那本书！

"哗啦哗啦，哗啦啦！"

这位成员要演奏乐队的新曲子！敬请倾听！

"借书记得还！"

㉠本书特别亲近我，总喜欢待在我的右肩上。一开始我有点不知所措，不过习惯了就觉得它很可爱。只是它只愿意待在右肩，害我左右都不平衡了。

　　有人能在我左肩也放上跟那本书同样重量的东西吗？

　　滑板太重了。乒乓球太轻了。这些重量都不对。

　　蛋包饭？啊，蛋包饭正正好。

㋿本书有时候比铁硬,有时候比豆腐软。

打打闹闹时拍到朋友头上会变成凶杀案,

稍微用力一点翻页又会散架,真叫人为难。

㉠那本书中间有个洞，安在留声机上放根唱针，就能将故事的内容朗读出来。我偶尔会在深夜里一个人听。

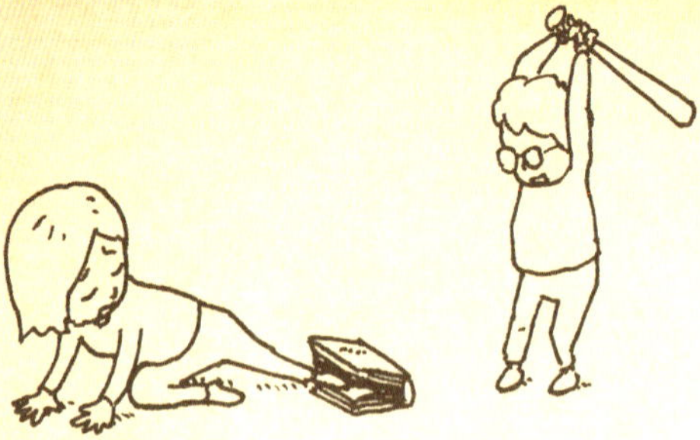

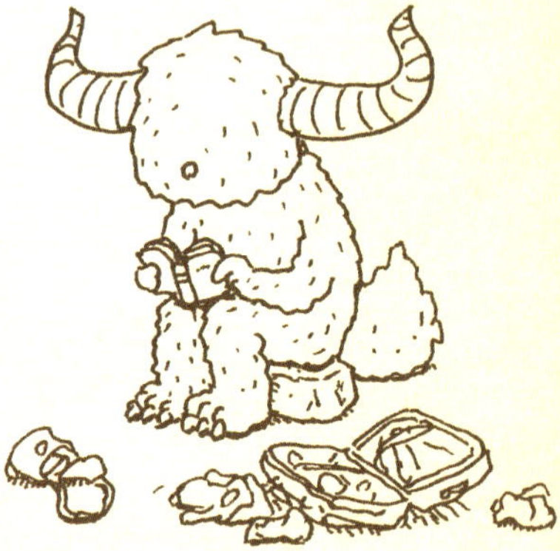

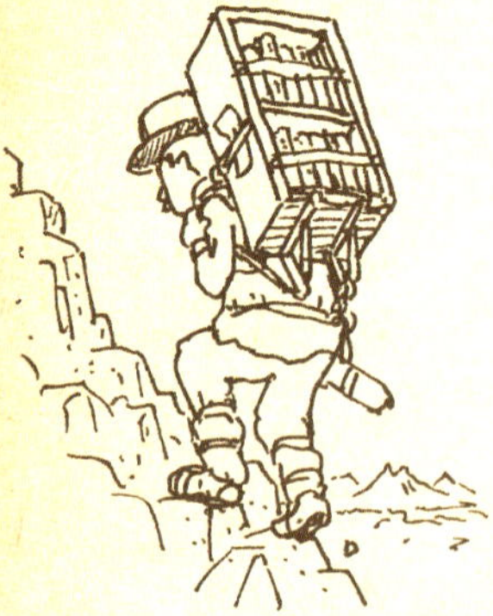

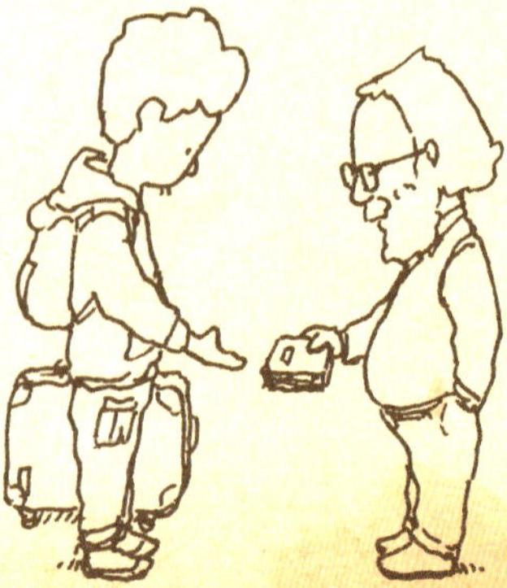

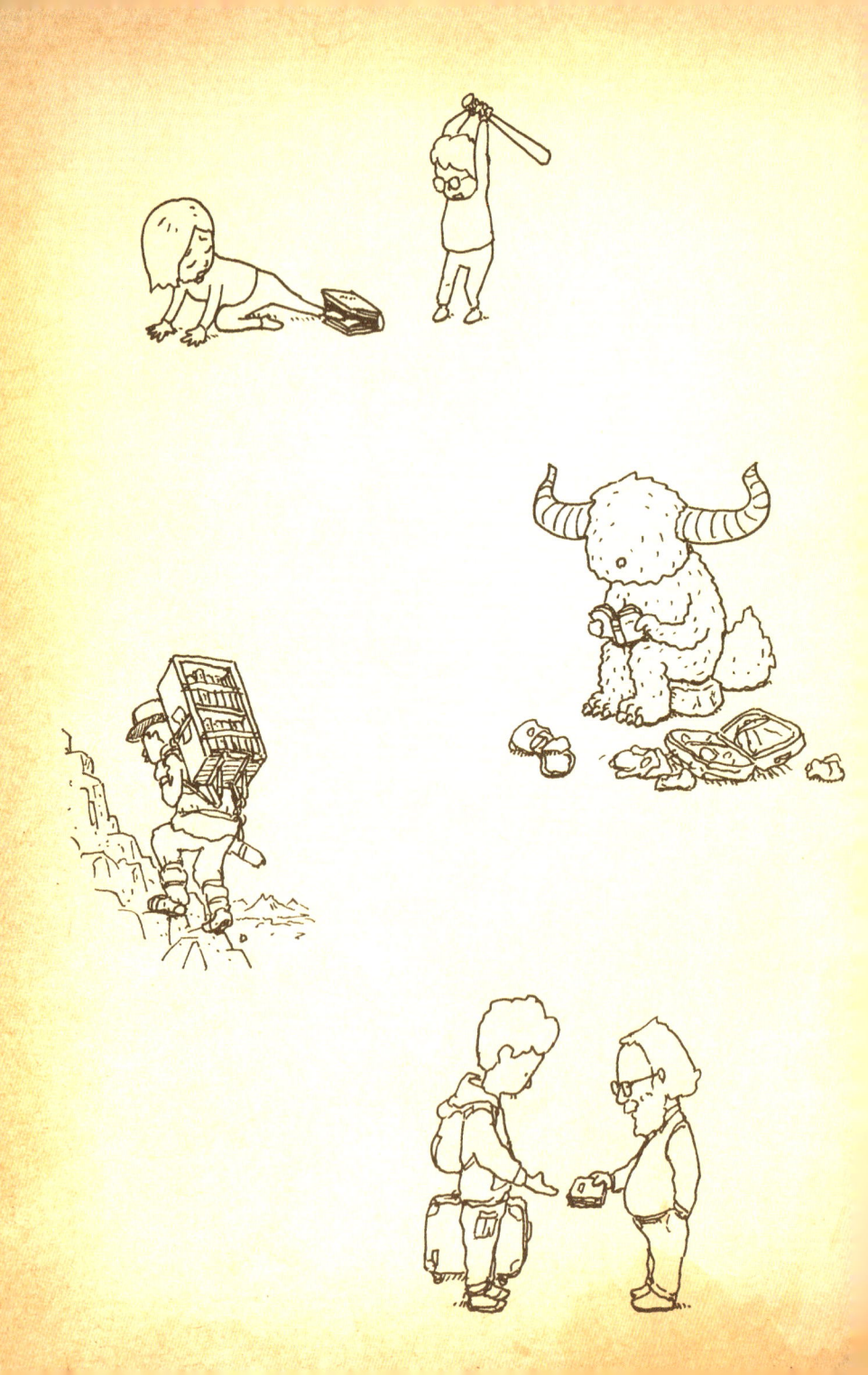

第6夜

| 那本书, |

上面有许多创业未半
而中道放弃的故事。

故事里的人们因为各种
理由没能实现梦想。

那是他们失去一个未来之后,
找到另一个未来之前的故事。

那是父亲想要写的书。
他想通过各种各样的故事告诉人们
"痛苦的不只是你一个人",
并告诉他们如何振作。

收集许多故事后,
父亲想在最后加入自己的故事。

他应该是想用发现了新希望的自己,
作为书的结尾。

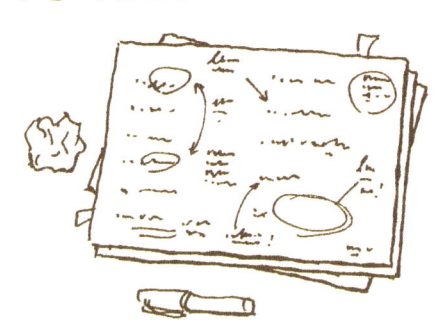

他想让失去了希望的自己,
还有全世界的人们,
重新鼓起勇气。

可是父亲无论收集了多少故事，
无论花了多少时间，
都没能找到希望。

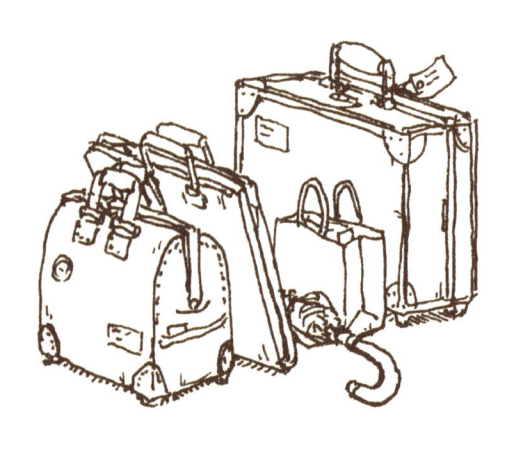

他焦急过，痛苦过，最后绝望了。

现在我明白了。

有些人心中的悲伤永远
不会消失。
有些人无法始终坚持自
己认定的对错。

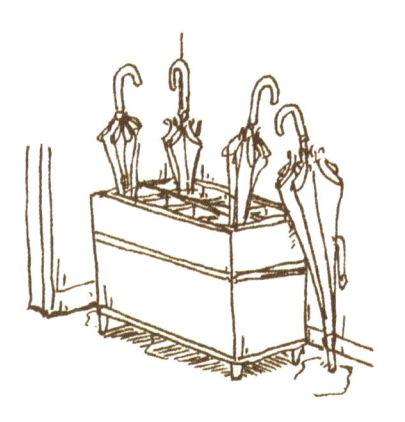

可是，就算不快乐，
那也不是错。

就算不正确，那也不能成为
放弃活下去的理由。

我很想告诉父亲这个道理，
可他是个认真又顽固的人，
也许没能理解我的话。

父亲想要写的、最终由我完成的那本书，
虽然没能拯救父亲，
但父亲的努力、父亲收集的那些故事，
还有父亲的一生，拯救了许多人。

无论什么人,都无法拯救自己。
他们能做到的,
只有拯救别人。

正因如此,我们才要努力拯救别人。
这是为了有朝一日,
有人能够拯救我们。

假如这本书传递了一个信息，
或许就是这样的信息。

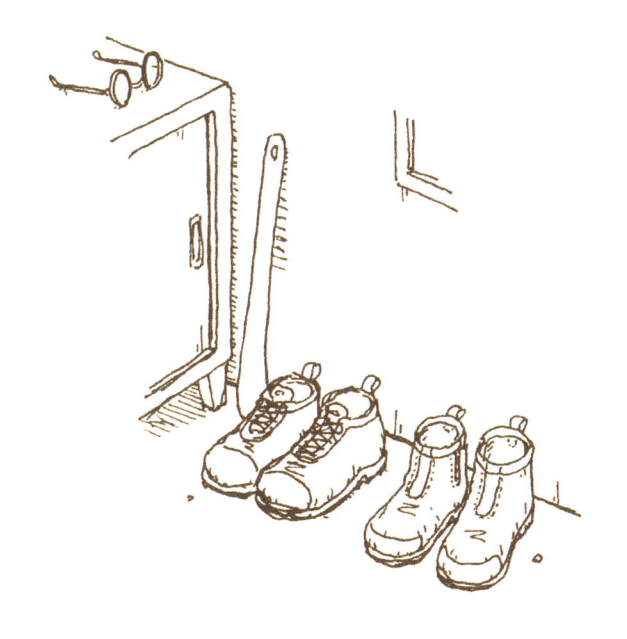

第7夜

㊟ 本书里，谁都不会死。

我刚升上五年级时，班里来了一个转学生，名叫竹内春。她有点害羞，但口齿清晰地报上了自己的名字，然后说："我将来想成为一名绘本作家。"

那个瞬间，班上的人都转过头，看向坐在最后排的我。

因为我以前也说过，将来想成为一名绘本作家。竹内春见班上的人都回头看，脸上浮现出疑惑的表情。这时有人小声说："跟小岬一样。"听完这话，她似乎明白了。我觉得全班人都回头看我实在是有些幼稚，也觉得竹内春不请自答地说出自己将来的理想有点烦人。做完自我介绍后，竹内春被老师安排到了教室中间的座位。当教室里的嘈杂平息下来，像往常一样开始上课的时候，竹内春回头看了我一眼。

竹内春很快就交到朋友，融入了班级，但不知为何，我还是觉得她像教室里的异类。也许我还惦记着她想成为绘本作家的那句话吧。

竹内春的皮肤很白，手臂表面能透出底下细细的青色血管。她像是吸收了比别人更多的光，也像是竹内春自己就会发光。剪成娃娃头的黑发没有一丝翘起，全都梳得平平整整。细长的双眼情感真挚，看见感兴趣的事物会睁得很大。最让人印象深刻的是她的声音。音量不大，但是清澈通透，带着一丝颤音，毫不掩饰感情。她的坦率就像在斥责我内心别扭的情绪。

每次经过学校走廊的公告板，我都会注意上面的画。这所学校会从每个年级选出一幅学生的优秀画作进行展示，已经成为了传统。从一年级开始，我的作品每年都会出现在上面。所以每次经过走廊，我都会注意自己的画，只是跟同学在一起时，我又要装出不在意的样子，因为我不想被人认为是看着自己的画沾沾自喜的人。

"大家在中庭找个地方，画下自己发现的风景吧。"

围着老师的同学们听完这话，都乖乖地点头答应了。几个男孩子朝着秋千跑了过去。

"老师，我可以画植物吗？"

田中同学总是问很普通的问题。

"可以，植物也算风景。不过小鸟和云朵都会移动，没办法一直观察，大家要注意哦。"

老师也给出了不输于田中同学的、很普通的回答。

这是竹内春转学以后第一次在课上画画。我决定画同学们聚集在中庭的风景，就跟大家拉开一段距离，独自找了个视野开阔的地方坐下开始画。竹内春跟玩得好的三个女孩子一起，坐在秋千旁边画着。我总是不由自主地注意到她。

"哇，小春你好厉害哦！"听见声音，我又停下了笔。又有几个女孩子也围到竹内春身边，夸着她的画。

"还没画完呢。"

竹内春应该是不好意思地说出了这句话。虽然我没太听清楚。

"五月的阳光倾洒在每一棵树上，观察得非常仔细。"

竹内春花了好几天完成的作品得到了班主任老师的大力赞赏。那个老师又不是特别懂画，还装模作样地讲评，真气人。平时我的画都不会被老师特别地讲评，只理所当然地贴在走廊上。现在，同学们都围到了公告板前竹内春的画周围。

"这就是照片啊。"有人这样说。那人也许是在夸奖，但我脑中冒出了带着怨念的声音——既然看着像照片，干脆直接贴照片不就好了。我觉得所有人看我的眼神里都带着一丝怜悯，走廊上说话的其他班的学生都像在议论我，真的太难受了。

休息时间，我将一边脸颊贴在桌上眺望窗外。班主任说的"五月的阳光"究竟是什么？阳光当然会随着季节发生变化，但怎么能一口咬定那是五月的光呢？我从下方敲了敲桌子，发出了乐器一样的声音。

"你在干什么？"

我抬起头，发现竹内春站在我面前。

"没干什么。"

"你很显眼哦。"

"怎么会？"

"真的。突然开始敲桌子,我还在想是怎么回事。"

"哦,我耳朵贴着桌子,还以为只有自己能听到。"

"这样啊。不过声音很大哦。"

"嗯,不好意思。"

话已经说完了,竹内春还不走,我有点为难。

"岬君那幅中庭的画很棒呢,我特别喜欢。"

竹内春看着我的眼睛说。

"哪里棒了。"

我已经尽量不让声音发抖了。

竹内春摇摇头:"我根本想不到要画大家在中庭里画画的场景,你的创意很有趣。"

竹内春圆溜溜的眼睛里映出了我的身影。

"谢谢你。"

竹内春为什么要特意跟我说这样的话呢?

"平时都是岬君的画被贴在走廊上吧。这次肯定是因为我刚转学过来,而大家都已经知道岬君画画很厉害了。"

竹内春的语速稍微变快了一些。

"不,竹内春的画很好。我很好奇你是从哪个视角画的，放学后一个人在中庭里找了很久，就是找不到能看见同样风景的地方。"

听了我的话，竹内春面露惊讶，还发出了小小的惊呼。

"你一个人去找的？"

"嗯，因为很好奇在哪里。"

竹内春涨红了脸，这时我才意识到自己说漏了嘴，也开始害羞了。也许是因为她夸了我的画，我有点得意忘形了。

"在中庭里站着荡秋千的时候，能透过银杏树看到另一边的风景，感觉特别好。"

竹内春看起来既害羞，又兴奋。

"对呀，我就说坐在中庭里没法看到银杏树另一头的景色，原来那是站在秋千上的视角啊。"

"嗯，比那个视角还高一点。岬君发现了这个细节，我好高兴。"

"话说，原来竹内春是站着荡秋千的呢。"

"嗯，我荡得特别高。"

竹内春笑了，我却在担心其他同学看到我们两个聊天会怎么想。上课铃响起,竹内春说了声"下回见",就回到自己的座位上。

"下回见"是什么意思啊,难道她下次还要跟我聊画画吗?我正琢磨着,竹内春就笑着回头看了我一眼。

第二天早晨,我的抽屉里多了一本白色的笔记本。我抬头环视教室,发现刚才没来得及道早安的竹内春正看着我露出微笑。

每次翻开崭新的笔记本,我都有种新鲜的期待感;只不过,我的双手从未像现在这样微微发抖。

笔记本的第一页什么都没写,翻开第二页,是一幅鳐鱼在海里游泳的画。她为什么要画鳐鱼呢?好像也没有特别的理由。

鳐鱼的嘴边有个漫画里常见的对话气泡。

"喂。"

我被声音惊了一下,抬头发现竹内春就在旁边。

"你给鳐鱼配句台词吧。"

说完，竹内春又回到了自己的座位上。我在笔记本上写下了鳐鱼的台词。

"我的身体很扁，可以当垫子用哦。"

连我都不知道自己在写什么。

第二节课下课时间，我偷偷把笔记本塞到了竹内春的抽屉里。第三节课上课后，竹内春发现了笔记本，像是拿出来看了一下。

接着，我看见竹内春的肩膀抖动起来。她在笑，这让我很高兴。竹内春把白色笔记本藏在记课堂笔记的本子下面。我在笔记本上画了只长颈鹿，并学着竹内春，在画旁边加了个气泡。竹内春可能正在给长颈鹿想台词。

放学后，白色的笔记本又回到了我的抽屉里。

我紧张地翻开它，看到长颈鹿对我说："我的脸很小吧？"

脸小不是重点，关键是脖子长吧，我心想。长颈鹿的下一页画的是狼。狼的嘴边也有气泡。我决定回家再给狼想台词。

我给狼想的台词是："我才不想嚎哇啊啊啊啊啊！！"这次，我还是不明白自己在写什么。

从那天起，我就一直跟竹内春交换笔记本，每天一次，多的时候两次。我想画出比竹内春更有意思的画作，还想构思出比竹内春更好玩的台词。不过，看到竹内春因为我画的画和构思的台词笑出来，这才是最让我高兴的事情。

在家洗澡的时候，关灯后躺在床上的时候，我都一直在思考画和台词。可以说，那也是我跟竹内春共处的时间。

有时候晚上睡不着，我就会翻开笔记本，回顾前面的内容。

竹内春画的鳄鱼说："我的身体很扁，可以当垫子用哦。"

竹内春画的狼嚎道："我才不想嚎哇啊啊啊啊啊！！"

这部分台词明明才写上没几天，我却有种很怀念的感觉。

竹内春画的全垒打击球手说："我正瞄准着对家的

窗户。"

竹内春画的机械大猩猩遗憾地说:"我怕给自己打坏了,都不敢捶胸口。"

竹内春画的长臂猿解释说:"我的左手比右手长2厘米哦。"

竹内春画的熊劝诱道:"你再凑过来一些,看看我是野熊还是玩偶吧。一闻就知道了哦。"

竹内春画的小熊猫哭着说:"教育委员会的各位成员!我被老师罚站啦!"那眼泪是我加上去的。

竹内春画的霸王龙吼叫着:"呜哦哦哦哦哦哦!"页面一角还有竹内春写的字:"别偷懒啊!"她的意思是我应该认真想想霸王龙的台词。

竹内春画的领头蚂蚁嘟囔着:"谁也不懂当领队的苦。"

竹内春画的接力赛选手开玩笑说:"我在倒着跑哦。"

竹内春画的骷髅害羞地说:"人家骨头都被你看光了啦～～～～"

竹内春画的蜥蜴问:"我看见有人身上的刺青跟我长得一样,就向他走过去,结果他跑得好快。这是为什么?"

竹内春画的牛蛙威胁道:"我要跳啦,我真的跳啦!"竹内春在旁边写了一行小字:"牛蛙跳起来应该很吓人。"[1]

竹内春画画,我在旁边配字。我画画,竹内春也在旁边配字。虽然不是家庭作业,但我也弄不清这究竟是游戏还是练习。

回头再看一遍,我发现竹内春画的画具有动感,让人很容易联想到前后的场景,想台词也容易了。

跟她相比,我的画怎么样呢?

我觉得自己的画没有竹内春的画那么引人注目,像是自己性格中的阴暗渗透进去了一样。我以前从来没想过这些,但是看着她的画,我就会有这样的想法。

休息时间,我只要坐在座位上,竹内春就经常过来搭话。我有时会一直像那样跟她聊天,有时也会停下来跟她一起呆呆地望向窗外。

"最近,我在家回顾了笔记本里的内容,越来越觉得岬君的画很有趣。除了霸王龙那张,其他的台词都很棒。"

---

[1] 以上竹内春所画事物,从"全垒打击球手"到"牛蛙"的日语名称首字母可连成一句话:"谢谢你夸赞我。"(本书注释均为编者所加。)

竹内春的嗓音清澈而沉静，让人听了很是安心。可是跟她离得近了，我有时会突然感到心慌意乱。也许是她的声音和表情都太温柔了，我有时会想，要是她现在给我的好奇、温柔和共处的时间都不是给我的，而是给其他的什么人，那会怎么样呢？

我害怕以后会受到伤害，甚至考虑过要跟她保持距离。但是我做不到。早上一到学校，我就会不自觉地寻找竹内春的身影。甚至从前一天晚上，我就开始琢磨该怎么跟她打招呼。

"你喜欢竹内，对不对？"

同学说出这句话时，我一时间没反应过来。在别人眼中，也许真的是这样。不少男孩子都会调侃我和竹内春的关系。

如果在两个月前刚认识竹内春那会儿，我可能会心慌，然后矢口否定，但是现在我不会了。我甚至觉得那些调侃我的人都很幼稚。

"毕竟竹内是转学来的，不知道那件事。"

我很想痛扁这个一脸坏笑的同学。我的确有件不想告诉竹内春的事。竹内春不知道这件事也是她令我害怕的原因之一。但又不仅如此。

虽然竹内春本人很温和,但是她的画和她写的台词都潜藏着危险,会给我带来刺激。从这个意义上说,竹内春绝不只是一个温柔的人。

我也能画出像她那样的画吗?我会不会受她的影响太深了?

跟她在一起很快乐,跟她聊绘画很快乐。只要我在学校,就会不自觉地寻找竹内春的身影。不,哪怕不在学校,只要有自行车经过,我都会希望那是竹内春。就算在家里听见外面有人说话,我也会跑到阳台上偷偷张望,看是不是她。

我应该是喜欢她的,但那可能是因为她的画比我的更有意思,我被吸引了,或更多地是因为一种害怕的情绪。

"喂,你在听我说话吗?"

"嗯,我也看了前面的画,不过我觉得竹内春的画好像随时都会动起来一样,很厉害,而我的画就是静止的。"

"怎么会呢。你画的蚯蚓就特别恶心呀。"

"哦,你说那个蚯蚓啊。"

"我说的恶心可是夸奖哦。能让人觉得恶心,你不觉得很酷吗?"

"真的吗?"

"嗯,特别酷。"

"你给蚯蚓配了什么台词来着?"

"嗯……'路上被轧扁的蚯蚓就是我的未来。'"

"你的台词也很恶心呢。"

"还不是岬君画得好。"

"咦,你真有这种感觉吗?"

"有啊。我自己画的时候,也会觉得画法有点像岬君了,在以前的学校都不是这样画的。这不是很正常吗?"

"这样啊。"

听到她说以前的学校,我突然有点不安。竹内春在以前的学校也会跟别人这样交换画画吗?

竹内春翻开封面已经有点脏的笔记本,独自笑着。

"岬君的画都是怎么选的呀?"

"随便选的。"

"长颈鹿、蚯蚓、牙医、鲤鱼旗、鼻涕虫、鲶鱼、乌贼、海豚、黄瓜、燕子、头盖骨、警察、魔方。"

竹内春开心地笑着翻看笔记本。

"那不是鲤鱼旗哦。"

"真的?可是这个鲤鱼旗特别吓人,特别有趣啊!这不是吃人的鲤鱼旗吗?"

竹内春瞪大了眼睛。她的眼睛不像我的那么黑,是浅浅的褐色。

"什么吃人的鲤鱼旗啊,那是腔棘鱼。"

"啊,原来是腔棘鱼!咦,那我写的台词不就莫名其妙了?"

竹内春把右手搭在我的左肩上。

"嗯。你写了什么来着?'喝西北风可吃不饱'?"

"差不多。我写的是'风已经吃够了,给我来碗蛋包饭。'"

竹内春笑着解释道。

"你解释完我还是觉得莫名其妙。"

"嗯。因为我想台词那天晚上吃了蛋包饭。"

"好随便啊。"

"比你的霸王龙台词强多了!"

竹内春笑了,我也忍不住跟着笑了。

回到家,我回想着今天在教室里跟竹内春的对话,又翻开了笔记本。

我画的长颈鹿问:"我的脸很小吧?"

我画的蚯蚓预言:"路上被轧扁的蚯蚓就是我的未来。"

我画的牙医建议:"痛就举起双手双脚告诉我哦。"

我画的腔棘鱼说:"风已经吃够了,给我来碗蛋包饭。"这句台词的确更适合鲤鱼旗。

我画的鼻涕虫生气地说:"在我身上浇蛋黄酱,我也不会化哦!"

我画的鲶鱼说:"我才不止两根胡须,还有更多呢。"

我画的乌贼害羞地说:"我活着的时候并不是白色的。"

我画的海豚嚣张地说:"你看我有好多小细牙!"

我画的黄瓜美滋滋地说:"我的梦想就是被河童吃掉!"

我画的燕子宣告："就算天上下雨，我也心系天空。"

我画的头盖骨幽幽地说："好凉快啊～～～"

我画的警察悲伤地说："大家眼里都只有警车。"

我画的魔方教人作弊："还有一种玩法就是直接涂改颜色哦。"①

纯白的封面不知何时沾上了污渍，变得越来越脏了。里面的书页都快被我们画的许多画和奇怪的台词填满了。

"要是白色笔记本的书页都被填满了怎么办？"

放学后，竹内春在教室里这样问我。其实我很想买一本新的继续画下去，又不知道该不该主动提出来。外面传来学生们在校园里玩耍的声音，教室里只有我和竹内春两个人。

竹内春拿起我挂在书桌挂钩上的帽子，玩笑似的扣

---

① 以上岬真一所画事物，从"长颈鹿"到"魔方"的日语名称首字母可连成一句话："你不会死的，会继续活下去。"

到自己头上。窗外洒下的阳光把半个教室染成了橘红色。我想,除了季节,时间也会影响阳光的色彩。

"要不我们换成交换日记吧?"

听到竹内春话语的瞬间,我险些忍不住笑起来了。但我还是按捺着悸动,问道:"为什么要换成交换日记?"竹内春顶着我的帽子,理所当然地说:"因为我和岬君都想成为绘本作家,除了绘画当然还要练习写故事啊。"

"原来如此。我从来没写过日记。"

"我会写日记,但还是第一次跟人写交换日记。"

听了她的话,我很高兴。

"谁先开始?"

"我去明文堂买本子吧。岬君买的本子肯定是老爷爷审美。"

"我会好好选的。"

"没关系,我上完补习班顺道就买了。而且我也想看看别的东西。"

"知道了,那就交给竹内春。"

"嗯,我保证买个特别可爱的本子。"

6月19日（星期三）　竹内春

从今天开始，请多关照哦。希望你喜欢这个新本子。今天我在明文堂本来想好好挑本子，结果店里的阿姨怀疑我要偷东西，一直盯着我。我明明没偷，心却跳得特别厉害，好奇怪哦。

很高兴能跟你一起写交换日记。不过这种事太努力了很难持久，不如我们这样约定吧：可以写很多，也可以只写一句。你觉得呢？

6月20日（星期四）　岬真一

今天是我第一次写交换日记。这个第一次是永远的第一次，所以我想好好珍惜。首先我要说声谢谢，谢谢你买了本子。不过这种时候应该是"写个谢谢"吧。

没想到你竟然买了跟之前一样的白色本子，不愧是竹内春同学。

知道了，可以写很多，也可以写一句话。对了，交换日记有固定的写法吗？

6月21日（星期五） 竹内春

你写得好死板啊，感觉像跟老头子写交换日记一样。可以更自由一些呀。其实我对这个本子的款式有感情，所以选了。

6月22日（星期六） 岬真一

对不起。那我就更自由地写了。喵噜喵噜砰砰，喵噜喵噜砰砰，霸王龙"呜哦哦哦哦哦哦！！！"是这样吗？

6月24日（星期一） 竹内春

才不是这样。都看不懂了。不过你真的很喜欢胡说八道呢。但我也真的不想听霸王龙吼叫，拜托下次别吼了。

6月25日（星期二） 岬真一

是我胡闹了，对不起。可是不胡闹总觉得有点害羞。我还给霸王龙重新想了台词呢。

"老师，我有个问题。霸王龙可以算是恐龙吧？"

这样如何？

6月26日（星期三）　竹内春

讨厌，这不是总问废话的田中同学嘛。岬君，你这样不好！

6月27日（星期四）　岬真一

可我总是会注意到他啊。而且老师的回答也特别废话。

"小鸟和云朵都会移动，大家要注意哦。"

也太把五年级的学生当小孩子了吧。

6月28日（星期五）　竹内春

我笑出声了。老师还真说过这句话。当时我也很疑惑！不过岬君还是画了会移动的学生，我很喜欢那幅画。

对了，换个话题。你为什么一直叫我的全名啊？不觉得很奇怪吗？

6月29日（星期六）　岬真一

竹内春是个好名字。我们提到历史人物不也说全名吗？我还以为这样挺正常的，不过好像真的只会叫竹内春的全名。那我以后该叫什么啊？

也许我对你的自我介绍印象太深刻了。

五月份来的转学生很少见，不是吗？要是你能赶上四月份新学年开学，也许就不会被介绍为转学生了。不好意思，问题太多了。

7月1日（星期一） 竹内春

随便叫什么都行啊。可以叫竹内，可以叫小春，也可以叫竹内春。不过你要是在学校叫小春，可能会被我无视。谢谢你夸奖我的名字，我很高兴。因为这是我爸爸起的名字。

不过我是秋天出生的哦。

五月份的转学生确实很少见。因为我转学有点突然。

7月3日（星期三） 岬真一

我不想被无视，还是叫你竹内吧。

竹内秋这个名字也挺适合你，不过还是春更好。春最适合你了。你为什么要转学呢？

7月5日（星期五） 竹内春

我想过要写转学的原因，结果昨天没来得及。我很想告诉岬君，但是请你再等等！

7月6日（星期六） 岬真一

今天真是太糟糕了。我倒是没关系，竹内你呢？你说大家有没有看到这些日记啊？竟然藏在老师的抽屉里，太过分了。既然已经被发现了，下次我们直接交换吧？还有，如果我问了不该问的，那对不起。你不用勉强自己。

7月7日（星期日） 竹内春

老师一问"这是谁的笔记本？"，岬君就站起来说"是我的！"，当时我真的很高兴。好帅哦。随便从别人抽屉里偷拿本子放到老师的抽屉里，那些人真的很过分。就是因为有那样的人，明文堂的阿姨才会一直盯着顾客吧。今天虽然是星期日，但我要试试能不能在岬君家附近的公园把日记交给你！要是没成功，那就星期一再见！

7月8日（星期一）　岬真一

谢谢你来找我。我好久没在校外见朋友了，真的很开心。我们会不会聊太久了？你那么晚回家没有挨骂吧？

7月9日（星期二）　竹内春

没有挨骂哦。其实那天我不太想回家。或者说，我每天都不太想回家。我想跟岬君聊开心的事情，真不想写这些。

7月10日（星期三）　岬真一

我有时候也不想回家。有时候会想一个人待着。我喜欢一个人待着。我以为自己喜欢一个人待着，但是跟竹内聊天也许比一个人待着更开心。

那是为什么呢？如果竹内不想说，就不必勉强自己。如果竹内你想说，那就算是不开心的话题也无所谓。虽然我也不太会说话。

7月11日（星期四）　竹内春

谢谢你。昨天晚上的月亮很漂亮。我把笔记本拿到阳台上，一边赏月一边看岬君的文字，不知不觉就哭了。下次我一定写。

7月13日（星期六）　岬真一

田中同学今天的问题好厉害啊。

"老师，教室旁边的厕所人很多的话，我可以用其他楼层的厕所吗？"我听完立刻记下来了。

"这个嘛。同学们上厕所最好尽量找离教室近的，不过人多的时候，也可以去别的楼层哦。"老师的回答也太让人无语了。明明只要说一句"是"就好了。

7月14日（星期日）　竹内春

田中同学一提问，我就忍不住看向岬君那边了。当时你在本子上写东西，我还以为你没听见，原来你是在做记录啊。

自从跟岬君成为朋友，我的性格可能变坏了。要是我说了不好听的话，你一定要提醒我哦。对了，今天也能在公园跟你聊天，我很高兴。

7月15日（星期一）　岬真一

我竟然敢骑自行车载你出校，我才是在跟竹内成为朋友后变成不良少年了。话说，竹内当时哼的歌叫什么？我好像听过，当时就假装自己知道了。

7月16日（星期二）　竹内春

叫"Yesterday Once More"，是卡朋特乐队的歌。我爸爸以前经常放这首歌的唱片。

7月18日（星期四）　岬真一

我让妈妈买了那首歌的CD，现在一直在听。一听到那首歌，我就会想起竹内春。现在虽然管你叫竹内了，但我在脑子里还是会叫你竹内春。

7月19日（星期五）　竹内春

我笑了。怎么还是竹内春啊。你以后可千万别忘了我的名字哦。变成老爷爷也别忘了。

谢谢你喜欢卡朋特乐队。我也想知道岬君喜欢什么歌。

7月20日（星期六）　岬真一

你知道披头士乐队吗？我在星期日的广播节目上听到披头士的"Yesterday"，就喜欢上了。Yesterday是"昨天"的意思。明天能见到你吗？

7月21日（星期日）　竹内春

我们喜欢的歌名字里都有Yesterday呢。原来它是"昨天"的意思啊，我原本还以为那是"温柔"的意思。马上要放暑假了，我们该怎么办？

7月22日（星期一）　岬真一

今天明明天气晴朗，却成了最糟糕的日子。虽然是不情愿地让竹内知道了我一直隐瞒的事情，但我也松了一口气。如果你因为这个而讨厌我，那我也毫无办法。一般人都会讨厌的吧。所以，如果这本交换日记到此为止，我也没办法。不过，我应该一辈子都不会原谅那个叫我岬呕一的人。我不是讨厌"呕"这个字，而是觉得这样并不好玩。我就实话实说吧。上四年级的时候，我在游泳课上突然不舒服，后来回到教室上课，就忍不住吐了。我羞得不敢抬头，但还是听见周围突然传来了好多桌子椅子移动的声音，还有好多人在叫"哎呀！""啊！""恶心死了！"，当时我都哭了。从第二天起，我就开始被人叫"呕"，害怕得再也不敢上学，一直窝在家里画画。后来，妈妈买了好多绘本给我，只有在看绘本的时候，我才能忘掉那些不好的事情。就这样，我有了将来成为绘本作家的梦想。因为有了梦想，我就有了上学的动力，也不那么在意其他人了。就因为这件事，我在学校才不怎么跟别人说话。我觉得今天把这件事告诉你的人应该喜欢你。可就算是这样，他也太过分了。明明都快放暑假了。

7月23日（星期二）　竹内春

谢谢你把不想说的事情告诉了我。

不舒服呕吐其实是很正常的事。我一年也会感冒两次左右，每次都会吐，顶多是在家吐还是在教室吐的区别而已。要真这么说，我也是竹内呕了。那个人真的很没意思。我反倒觉得他每次说话都像在呕吐呢。不过我觉得，虽然岬君当时很痛苦，可是那段不上学的时间也让岬君发现了梦想。要是岬君将来成了绘本作家,我也成了绘本作家,我们就是竞争对手了。你暑假打算怎么过?

7月24日(星期三)　岬真一

暑假开始了。我只有一件想做的事。我看电视说,再过不久会有流星雨,错过这次就要再等31年。我很想看看,但是因为时间在半夜,爸妈一直不同意。我可以把交换日记放到竹内家的信箱里吗?

7月25日(星期四)　竹内春

我也超想看流星雨。不如我们晚上偷溜出来吧。再等31年真的等不及了。放在我家信箱也可以,不过还是约个时间在公园交换吧?我可以放在岬君家的信箱里吗?

7月26日(星期五)　岬真一

放我家信箱没问题。那我每天傍晚5点到泉站公园等你。要是竹内不在,我可能马上回去,也可能在那儿坐一会儿。最好能两天见一次！

7月29日（星期一）　竹内春
有补习班的日子我都可以在课前去一趟泉站公园，那就约好了哦。流星雨快到了吧？是哪天来着？

7月30日（星期二）　岬真一
流星雨是8月9日。据说会在晚上12点到达高峰。我们在泉站公园碰头吧？看流星雨的话，到河堤上应该挺好。

8月1日（星期四）　竹内春
我好期待哦，特别激动。要是被发现了，估计要被臭骂一顿吧。不过大人都说晚上外面很危险，小孩子要待在家里，那如果家里很危险怎么办呢？对有些人来说，家里就是最危险的地方呀。

8月3日（星期六）　岬真一
嗯。比如在家里养了老虎的人，家里有瀑布流过的人。竹内家危险吗？

8月5日（星期一） 竹内春
我家没有养老虎，但是很危险。其实，我家住着一个鬼。

8月6日（星期二） 岬真一
鬼？那太吓人了。那样的话，还是外面比较安全啊。最近我观察了爸妈睡熟的时间，他们基本晚上11点就睡了（我特别困，但还是坚持着爬起来了）。我假装上厕所，喊了他们几声，他们都没反应。不如11点半在泵站公园碰头吧？还是我骑自行车到竹内家门口见？

8月7日（星期三） 竹内春
谢谢你。我从家走到泵站公园只要1分钟，所以不用了！后天哦！你有想好要对流星许什么愿吗？我有好多愿望，今天要好好总结一下！

8月9日（星期五）　岬真一

没想到能看到那么多流星。能够跟竹内顺利碰头，我很开心。就是被狗追着叫的时候有点害怕。河边有那么多大人，我们一点都不显眼，我一下就放心多了。不过啊，你不觉得流星实在太多了吗？我看着看着竟然有点害怕了。

不过竹内你每次看见一颗流星，都要先"啊"一声，然后才急急忙忙许愿，那副赶不及的样子真的很好玩。我成功许了"希望我能成为绘本作家""竹内也是"这两个愿望，剩下的时间就一直在害怕漫天的流星了。那么多流星，不会砸到地球上吧？不会真的砸下来吧？

8月10日（星期六）　竹内春

流星好漂亮！谢谢你！

"竹内也是"，你这个愿望也太简略了吧？不过确实也有很短的流星。能跟岬君一起看到那么漂亮的流星雨，我真的很高兴。

我永远都不会忘记那一刻的光景。我还在下一页画了画哦。

顺带一提，这是我的愿望清单。

· 希望我能成为绘本作家。

· 希望岬君不会忘记我。

· 希望妈妈能过上幸福的生活。

· 希望我能学会倒立上杠。

· 希望岬君认真想想霸王龙的台词。

· 希望田中同学别再问废话（因为岬君会害我笑出来）。

· 希望老师别再回答废话（同上）。

· 希望鬼离开我家。

8月12日（星期一）　岬真一

流星雨的画真好看。那个抬头看流星雨的人是我吧？我也永远忘不了那一刻的光景。这次出来没有让父母知道，算是一场完美的犯罪呢！

要是田中同学去看流星雨，会问什么问题呢？

他应该会这样问："老师，是因为星星在天上流动，所以叫流星吗？"也搞不好会说："我很想尽量睁大眼睛，但是不小心眨眼了不会有事吧？"

"希望鬼离开我家"？原来竹内家里真的有鬼啊。那是你故事里的世界，还是现实？

又及：我明天要去奶奶家，待一个星期左右，没办法去泵站公园找你了。回来给你带礼物哦。

8月16日（星期五） 竹内春

我们的交换日记从来没有过这么久的间隔呢。这几天我一直在思考要写些什么。我家有鬼这件事是真的。我们搬到这里来，其实就是为了逃脱那个鬼。鬼总是对我妈妈又打又骂，让他住手他也不听。他是个整天散发着酒臭味的红皮恶鬼[1]。在之前那个学校，我画的画得到了老师的表扬，我想拿给妈妈看，就把画放在桌上，然后去睡觉了。那天深夜，妈妈和鬼吵架，把我惊醒了。妈妈以前总是忍气吞声，那天却哭着大声反抗。我很害怕，就缩在被窝里捂着耳朵睡着了。第二天早上起来，妈妈一脸疲惫地对我说："小春，对不起。"原来，我放在桌上的画被印上了酒杯的印子。肯定是那个鬼把酒放在我的画上面了。我画得特别认真，所以特别不甘心。

---

[1] 鬼在日本文化中指凶猛强悍的妖怪，有红、青、黑不同颜色之分。

妈妈哭着用纸巾拍打那个印子，虽然没能完全擦掉，但也比原来好多了。但让我更不甘心的是，那么温柔的妈妈是为了保护我的画，才鼓起勇气跟鬼吵了起来。我觉得很对不起妈妈。妈妈是因为我，才被鬼打了。

为了逃脱鬼的折磨，我和妈妈连夜逃走了。甚至不得不抛下了以前的好朋友。妈妈来到这座城市投奔亲戚，但是没过多久又被鬼找到了，所以鬼又住到我家来了。要是爸爸还活着该多好啊，一想到这里，我的眼泪就不受控制。但我不想让妈妈看见我哭，只能躲在被子里哭。我可坚强了。

我经常想象没有鬼的生活。

跟岬君一起创作的本子帮了我很多。我画画，岬君给我配台词；岬君画画，我给岬君配台词。这就像是我们在为彼此的故事书写后续呢。还有交换日记也是。正是有了这些，我才能够想象出没有鬼的世界。我既然能通过跟岬君写日记做到这件事，将来在现实中肯定也能做到。我真想快点长大，好好保护妈妈。

我们都很想逃走，但是还没有攒够搬家的钱。我不小心听到了妈妈跟亲戚家的阿姨打电话。她们说，连夜逃走是很花钱的。而且要是搬家，我又得转学了。我头一次交到岬君这样的朋友，所以不舍得离开。这就是我之前没能说出来的转学原因。对不起啊，这些事情太压抑了。

也许我该撕掉这一页。说这些话也许只会给岬君徒增烦恼。唉，好想早点跟你面对面聊天啊。现在我只能一边画画一边等你啦。你还要继续给我的画配台词哦。我要跟岬君一起成为绘本作家，保护妈妈。

8月21日（星期三） 岬真一

我该写什么呢。谢谢你，把那些说不出口的事情都告诉了我。我不知道竹内家里的情况这么严重，在聊到"对有些人来说，家里就是最危险的地方"时还乱开玩笑，说什么老虎瀑布的，真对不起。我为自己感到羞耻。

我来保护竹内。我才不怕鬼。我爸爸爱打业余棒球，所以我家有金属球棒。我会用那个去打倒竹内家的鬼。我保证。看完竹内写的日记，我马上开始练俯卧撑了。等我。你妈妈真好啊。不过竹内你也很好，要是我宝贵的画被人那样对待，我肯定会大哭大闹。简直太不可原谅了。我一定会去救你的，请你再等一等。

又及：神社的画、晚霞的画、大海的画，最后那张画的是我和竹内吗？

画上那个是我们一起去过的神社吧？晚霞的景是在泉站公园。大海是你说过将来想去的。我们一起去吧。所有的画都很棒。果然啊，现在的我还画不出竹内这样好的画。在我眼中，竹内的画就是最棒的。

8月25日（星期日）　竹内春

谢谢你，岬君。你的日记我反复看了好多遍。如果真的遇到了危险，我一定请你帮忙打鬼。谢谢你。

对啊！一起骑自行车去校区外的神社那次，真的好开心。晚霞的画就是泉站公园。下次一定要一起去看海哦。最后的画是我和岬君。是人类哦。人类很强，对吧？无论在什么故事里，人类都能战胜鬼。虽然不是全部，但基本上都可以的吧？

8月26日（星期一）　岬真一

人类很强。鬼就是故事里专门用来被人类战胜的东西啊。就算有鬼战胜了人类，那也只是因为故事还没有结束。所以我们一起把鬼打倒吧。今天我做了50个俯卧撑。我会保护竹内的。

8月31日（星期六）　岬真一

我连续三天都去了泉站公园，全身都晒黑了。不过我很喜欢。我有点担心竹内。希望早点见到你。

9月1日（星期日）　岬真一

神社那张画上没有对话框，所以我忘了写台词。神社的台词是："只要是竹内春的愿望，我都会实现。而且比流星更快哦。"

晚霞的台词是："我今天特别红，就是为了提醒你们不要忘记见面。"

大海的台词是："开心吗？我更开心呢。"

最后那张的人类的台词是："我们是永远的伙伴。"会不会太普通了？

9月7日（星期六）　岬真一

我今天穿上毛衣了。黑色V领毛衣。因为是学校指定的款式，所以跟大家一样。竹内穿毛衣应该很好看吧。对了，那个，什么来着？

今天学校开了大会，所有人都集中到体育馆了。校长说了个又奇怪又阴暗的故事。那明明是我们的故事，却被随便讲了出来。好过分啊。班上的女生都哭了。田中同学还没问问题就哭了。至少他没有问："这是眼泪吗？"老师也哭了。我没有哭。嗯。我没有哭。因为校长讲的故事并不好。他都没有读过我们的日记。果然啊，没有我和竹内，就编不出好玩的故事。这是我今天认识到的事实。

交给他们真是太不让人放心了。我给竹内看到的风景写台词，竹内给我看到的风景写台词，我们两个一起创作故事吧。别人说的故事都是骗人的。对吧？一定是这样吧？

9月X日（星期X）　岬真一

放学后，竹内在教室里戴着我的帽子玩。我一边说"还给我！"一边伸手去抢帽子，但其实没有真的抢。

如果可以，我甚至希望她永远戴着我的帽子。比夏天柔和了许多的夕阳倾洒在竹内的白色袜子上，轻轻摇曳着。竹内的笑声回荡在我耳边。这个学校最会画画的人，是我的朋友、我的伙伴，竹内春。

就像竹内在某天的日记中写的那样："以后可千万别忘了我哦。"我怎么会忘记呢。我根本忘不了啊。怎么都忘不了。我要跟她一起去看海。我要成为绘本作家。竹内也会成为绘本作家。我们要一起描绘这个故事的后续。这个故事永远都不会完结。

我们的交换日记在30年前的那一天结束了，但这并不意味着我们不曾有过特殊的关系。我虽然没能成为绘本作家，但也在一边创作故事，一边生活着。我笔下的所有故事都潜藏着她的影子。她是我的挚友，亦是我的对手。

时隔30年，曾经跟她一起看过的流星雨又在日本重现。

那个夏天，我们完成了深夜一起看流星雨这个艰难的约定。现在，为了完成那个夏天另一个简单的约定——"千万别忘了我"，我把这个故事写成了书。但是这个故事并未完结。只要我们还活着，不，即使我们离开了这个世界，故事也永远不会完结。

　　她一定正在某个能看见大海的美丽小镇上，一边创作绘本，一边过着每天都有欢笑的生活吧。

　　等这本书出现在街边的书店里，我也许已经踏上了旅途。在这个世界的某个角落，某家书店的某个书架上，应该陈列着她创作的、本该创作的绘本。我想拿起来看看。

　　附记："最后那张大海的画上，只画了少年。希望将来有一天，最宝贵的伙伴能在上面画上少女的身影。

　　　　　　　　　　　　　　　　　　——岬春海"

第8夜

那本书，

用了我的脸做封面。

我在书店看到时，
一时间不知发生了什么。

我用颤抖的手翻开书页，
发现里面写着我的住址。
我的电话号码、社交平台
的账号和密码也写在里面。

就连初恋的姓名,
我从未告诉过别人的秘密,
全都写得清清楚楚。

我害怕得站都站不住了。

然而,真正可怕的事情,
发生在三个月后。

那本书出版了三个月。
我的生活没有任何改变。

| 那本书，

据说一本要卖 3 亿日元。
它只是一本平平无奇的书。

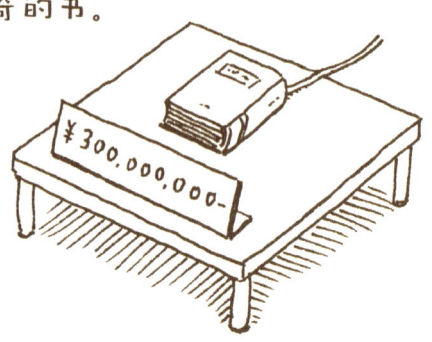

那本书上写了我的前半生，
还写了该如何对待我。

最关键的是,
书签系在我身上,
书的价格包括了我的价值。

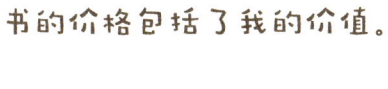

顺带一提,那本书现在做活动,
打折后一本只要300万日元。

> 那本书,

是在一个遗迹里发现的。
当时被塞在遗体的口中。

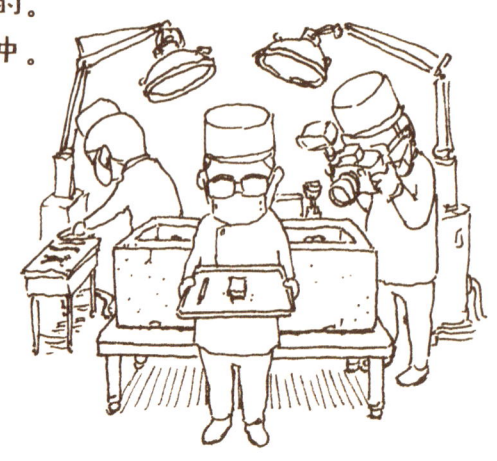

那本书的大小只有3厘米见方,
内容吸引了人们的关注。

但是经过调查，人们发现那只是
当时市场上的一份商品目录。

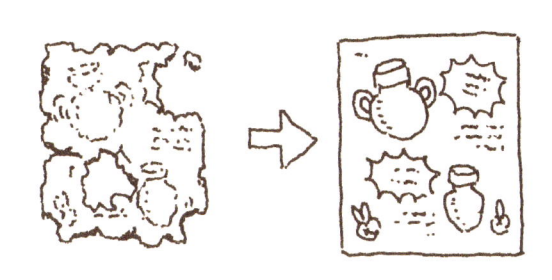

不知那东西为何会放在遗体的口中，
研究者们很是疑惑。

那本书，

现在世上一本也没有了，
因为全都被我销毁了。

我一辈子都在寻找那本书，
从书的主人手中夺过来，
再把它销毁。

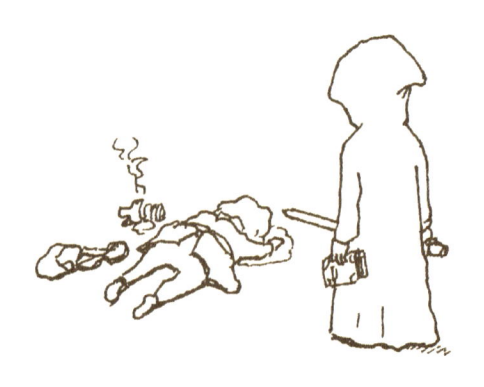

现在，最后一本也化作了灰烬。
接下来，只要我从这个世界上消失，
就能彻底抹除那本书存在过的证据。

但在这时，我突然产生了一个意外的想法。

我想把自己被一本书掌控的人生，把自己做过的所有事情，都写成一本书。

最后的最后，我竟然想让自己的一生成为徒劳。

不知为何，这个想法
特别有吸引力。

此时此刻，我陷入了迷茫。

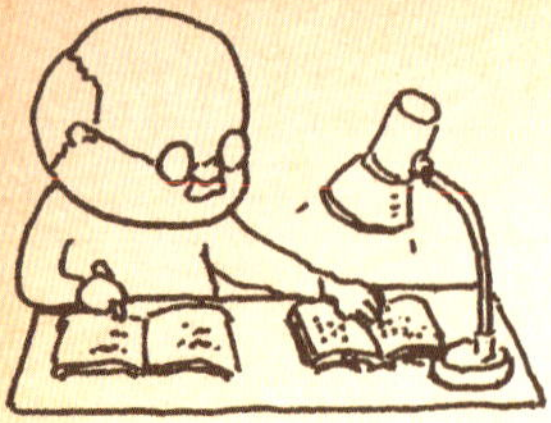

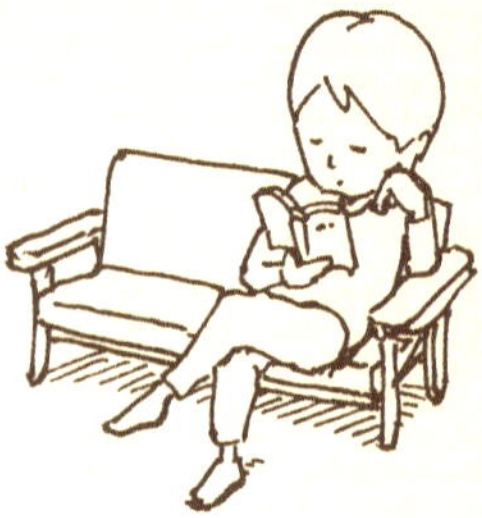

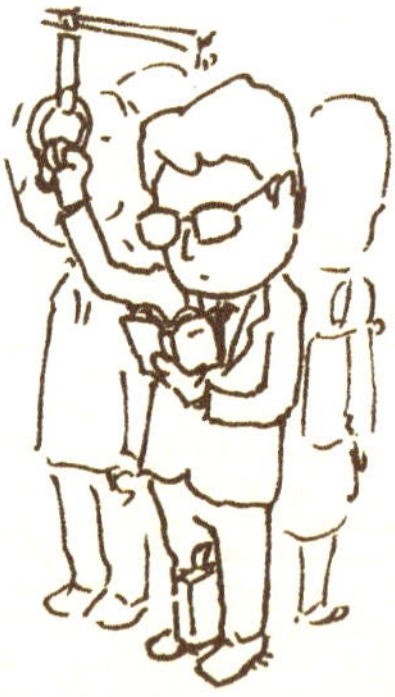

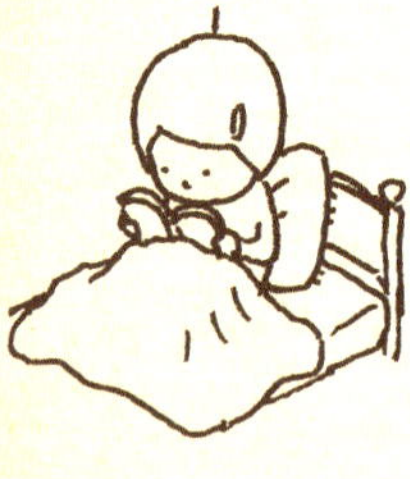

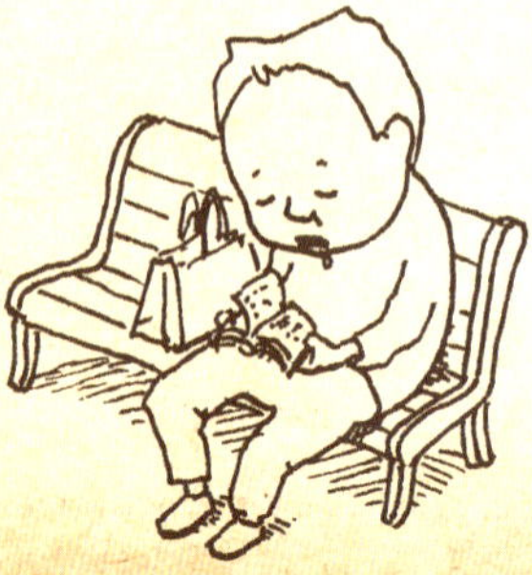

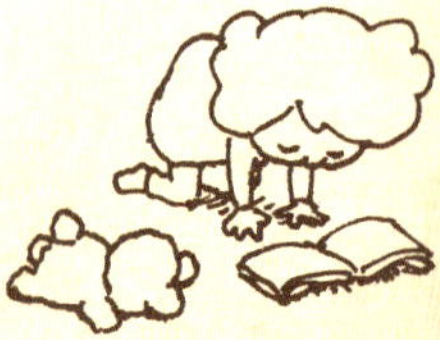

第9夜

㊟ 本书记录了让人不再害怕僵尸的方法。

第一页写着:"只要自己变成僵尸,就不再害怕僵尸了。反而会喜欢上。"

翻翻其他书页,还写了成为僵尸的诸多心得。

1. 被咬之后不用马上模仿僵尸的说话方式,随着时间推移,自然能够发出僵尸一样的声音,所以不必着急。

2. 跑得太快会让人类没有力气逃走,所以要慢慢地走着追赶。

3. 以后进别人家再也不用脱鞋了。

4. 不需要问对方:"初次见面实在冒犯,请问能让我咬一口吗?"因为对方听到的是:"嘎啊啊嘎嘎嘎啊啊,嘎嘎嘎嘎啊啊?"所以说什么都没用。

5. 可以咬人类的脖子,但是不要吸血。因为那是吸血鬼的特征。

6.要是正在追赶的人类突然不见了,往往是躲在汽车底下。

7.不要对着满月嚎叫,那是狼人的特征。

8.看见人类逃进建筑物里,卷帘门快要关上了,务必积极地被门夹住。

9.看见小孩在河边打棒球,球远远地飞到了自己脚下,就算小孩对你喊"不好意思——!",也不能把球扔回去。

10.被以前当人类时的朋友叫了名字,也必须等到对方走过来拍自己的肩膀才能回头。

同一个作者还写了《不再害怕幽灵的方法》,但是好像没必要读了。

那本书偶尔会把夹进去的书签藏起来。它已经藏了我三张很喜欢的书签。妈妈的5000日元私房钱也被它藏了起来。妈妈说了句"够了",抓着书脊使劲晃了晃。5000日元私房钱轻飘飘地落了下来,我那三张书签也落了下来。最后,妈妈又拍了拍封面,一张照片飘落下来。那是爸爸妈妈年轻时的照片。照片上的爸爸戴着和魔术师一样的帽子。妈妈怀念地看着照片,小声说:"原来在这儿啊。"

那本书全世界只有8本。相传如果集齐了全部8本,就能实现一个愿望。第1本是鸟儿送来的。第2本是在网上竞拍时捡漏得到的。第3本是在旧书店找到的。第4本是买下第3本时,旧书店老板说着"这本也带走吧"白送给了我的。第5本还不能说。第6本是在父亲的书架上找到的。第7本是垃圾回收日我在垃圾站捡到的。第8本是打倒最后的敌人后夺回来的。

现在回到第5本的故事。第5本在篝火晚会上不小心被烧了,所以凑不齐8本书。不过,如果把另外7本也扔进篝火里,那8本书会不会在某个时空里凑齐呢?如果能借此复原第5本就好了。于是我把手上的7本书都烧了。下一个瞬间,第5本果然从天而降。太好了!果然如我所想!这下我总算得到了第5本,那么剩下的7本……

啊!

那本书不能放在图书馆的书架上。一旦把那本书放在图书馆的书架上，地板就会隆隆隆隆地震颤起来，高大的书架左右分开，从地底升起一个闪闪发光的巨大书架，然后那个书架也左右分开，露出里面的驾驶席，带着图书馆飞上外太空。

(那)本书真的是"那本书"吗?

它管自己叫"那本书",实在是奇怪得很。

我趁那本书不注意,在它身后大声喊:"喂,那边的书!"

"嗯?"它应了一声,转过头来。

果然,那本书不是"那本书",而可能是"那边的书"。

㉘本书是雪白的。

妈妈穿着一身漆黑的和服，珍重地将它抱在怀里。

我第一次看见那本书，是在上幼儿园的时候。那本雪白的书里贴着许多照片，有我婴儿时的照片、在幼儿园参加远足的照片，还有跟爸爸妈妈在海边拍的照片。照片旁边都有爸爸手写的记录，但当时的我还看不懂。雪白的封面上写着标题，但幼小的我同样无法看懂。

"好了，请看这边。"

随着主持人的声音响起，会场内的灯光缓缓变暗，一块大屏幕也降了下来。

宾客们都放下了餐具和酒杯，同时抬头看向屏幕。只见黑色的背景上浮现出白色的文字——"2009年4月8日"。应该是十年前拍的录像。但我完全不知道这录像是什么。我与身边打扮成新郎模样的他对视一眼，他只是点点头，没有告诉我。

屏幕亮了起来。画面里响起母亲欢快的声音："三、

二、一,开始!"

场景是一座建筑物的天台,身穿正装的父亲坐在折叠椅上。

父亲背后是一片蓝得耀眼的天空。他比我记忆中的还要憔悴一些。我想起来了,这是父亲去世前住的那家医院的天台。

"爱子,新婚快乐!"屏幕上的父亲说道。

镜头后传来了母亲的笑声。坐在婚礼现场的十年后的母亲却已泣不成声。

父亲翻开一本雪白的书,一边翻看,一边说着"这是刚出生的爱子""都上初中啦,时间过得真快"之类的话。

"现在是2009年,爸爸不知道爱子会在几年后看到这段录像,不过爸爸一直以来的梦想就是参加爱子的婚礼,所以决定留下这段录像。"我听见了天台的风声。

"如果爱子明年就结婚,爸爸也许能删掉这段录像,亲自去参加呢。"

父亲说完，镜头背后的母亲笑着说："明年爱子还是高中生呢。"

"哦，是啊。爸爸38岁那年开始学小号，每次说出原因，都会被大家嘲笑。因为爸爸学小号，就是为了在女儿的婚礼上吹奏。大家都笑话我说：'你女儿都没出生，甚至你还是个单身汉，说这个也太早了吧。'因为那时候爸爸还没认识妈妈。不过，爸爸是认真的。爸爸一个人喝酒的时候，总想着等到今后结婚了，生了女儿，将来要在女儿的婚礼上说些什么，然后就想到，我可以吹一段小号呀。如果现在不开始学，说不定就赶不上了。所以说，早在爱子出生之前，爸爸就在想着爱子了。"

镜头后的母亲笑着说："你说得太沉重了。"然后，母亲把小号递给了父亲。

"干脆再拍张照片，也贴在相册里吧。"

父亲拿着小号，对母亲说。

"接下来请欣赏——"父亲站起身，举起小号，吹了一首"The Rose"。从第一个音符开始,就特别的棒。

父亲的小号声盖过了母亲的笑声、天台的风声,还有婚礼会场的嘈杂。父亲就站在那里。大家都看着他所在的风景。短短三分钟的演奏结束后,会场响起了热烈的掌声。画面里的父亲说:

"爸爸永远都跟爱子看着同样的风景。新婚快乐。祝你幸福。"

如今,我与父亲同在一片风景中。

母亲穿着一身漆黑的和服,流着泪捧起了那本雪白的书。当时看不懂的标题,此刻清清楚楚:《我的人生》。我想,从那时起,父亲就在用我的视角看着这个世界了。

我的人生,或许也是父亲的人生。

我蓦然想起了父亲那双温暖的大手。

第10夜

那本书，

朝着我的脑袋飞了过来。

我躲闪不及，被砸了个正着。

我被砸晕了。

不知过了多久，我醒来时，
已经变成了书。

原来的我在我旁边爬了起来。

直觉告诉我：
"啊，我跟书互换了身体。"

原来的我好像渐渐明白了状况，
只看了变成书的我一眼，就走掉了。

有两件事让我十分惊讶。
首先,原来书也是有意识的。

其次,我虽然变成了书,
动也动不了,却意外地冷静。

虽然有很多事情让我担心,
但我也对"身为书的自己"
感到了一丝熟悉。

我开始想，也许我本来
就是一本书吧。

说不定是有一天心血来潮，
才想要变成人类。

我一直能感觉到，我好像不是我自己，
好像不在我应该在的地方，
心里总是没有着落。

也许是因为我本来就不是人类吧。

现在，我总算恢复原状了。

我呆呆地看着天空，
想着这些有的没的，
突然被人捡了起来。

那个人翻开我看了看，
发现了封底的标签。

然后，她把我放进了稍远处的
图书馆还书柜，
就这样离开了。

原来，我是图书馆的书啊。

第二天早晨，
图书馆的人来了。
她照着我封底的标签，
把我放回了对应的书架上。

摆满了书的建筑，
摆满了书的房间，
摆满了书的架子。

我被塞进了架子的角落。

图书馆员离开后,
屋子里的书齐声对我说:

"你回来啦。"

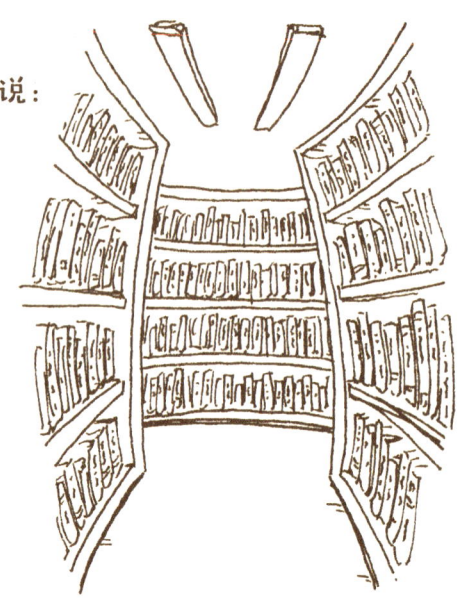

我顿时特别安心。

对呀对呀,
就是这里。

方形的我,被妥帖地收纳在了方形的空间里。

漫长的旅程结束，
我总算回到家了。

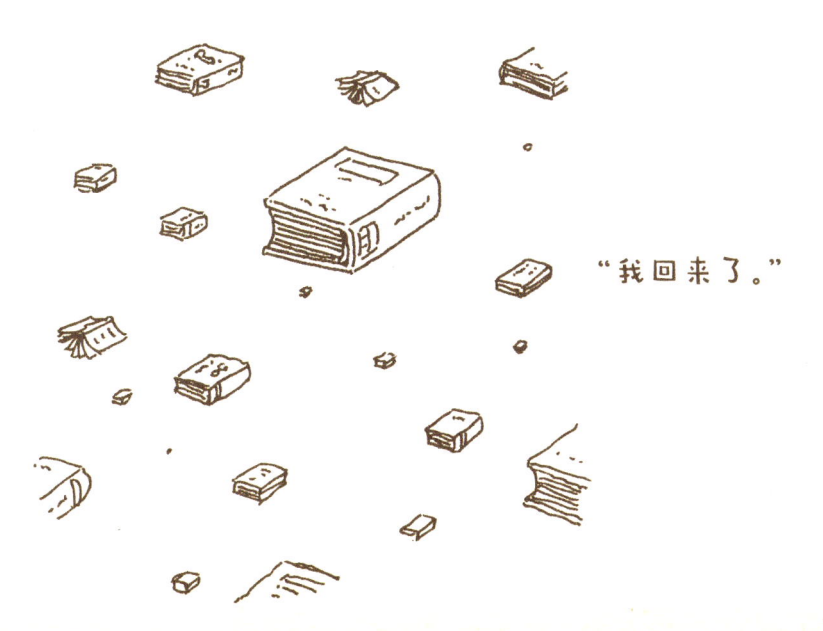

我回忆起一切，突然变得很困。
随着意识渐渐远去，
我小声说了一句：

"我回来了。"

第11夜

㉘本书只能在梦里看。转校的前一天晚上，我在梦里看了那本书。

书名叫《交到新朋友的方法》。翻开书，主人公紧张地坐在教室的角落里，正在烦恼该如何交朋友。

这时，他听见了一个声音："很简单呀。"主人公在心里恳求道："请你教教我吧。"那个声音……

看到这里，我就醒了。

到头来，我还没学到怎么交新朋友，就得上学了。我紧张地坐在教室的角落里，烦恼着怎样才能跟新同学交朋友。要是能看完梦里的那本书该多好啊。我好想看看书的后续是什么。要不就在这儿睡吧？不行，不可以在学校睡觉。

我试着寻找那个声音，可那只是书里面的声音，我又怎么可能听见呢。我把书和现实搞混了。因为这想法太怪，我忍不住笑了起来。这时，一个新同学对我说："你在笑什么呀？"就这样，我们成了朋友。那天晚上，我又在梦里看到了那本书的后续。

那个声音告诉主人公："很简单呀，只要保持笑容，就会有人跟你搭话了。"

我终于读到了心心念念的后续。于是我放下心来，在梦里也睡着了。

㊛本书好像封印了恶魔。所以,书上贴了好多符咒。我对人生感到绝望,便撕掉了那些符咒。恶魔也许会把我吓得半死。恶魔也许会毁灭世界。但是,我已经不在乎了。

恶魔从那本书里出来了。它比我想象的还要巨大,长得也比我想象的更像恶魔。我可能要变成恶魔的第一个牺牲品了。这时,恶魔说:"真的太感谢您了。我已经在这本书里待了几百年,早就无聊透顶了。您的大恩大德,我永远不会忘记。"恶魔比我想象的有礼貌多了。

我试着问道:"咦? 你是恶魔,为什么不吓人啊?"恶魔笑着说:"那是很久以前的事了吧,那时我也很年轻气盛呢。"

那本书介绍了世界各地的机器人。写书的也是一个机器人，名叫HON-1400博士，性格非常严谨。博士是为了机器人写的那本书。其实，那本书也是机器人的一部分。当人类与机器人产生争端，机器人面临危机的时候，只要收集1400本书，它们就会合体，变成巨大的机器人。在危急时刻，就用那巨大的机器人与人类作战。不过博士的性格实在太严谨了，直接把秘密写在了那本书的"前言"里。

所以，人类早就知道了这件事。

㉠那本书在一天下午稍稍飘了起来。本来它是放在桌子上的，但不知为什么悬了空。我用手抓住那本书，重新放在桌子上，但是那本书像被看不见的气球拉着，又飘了起来。

第二天，那本书飘得更高了。后来，那本书每天都会飘得更高一些。我不想让还没读完的书跑掉，就抓住了书的一角。结果，我的身体也跟着飘了起来。书顺着天花板溜到窗口，飞到外面去了。妈妈看见我飘在院子上空，一把抓住了我的脚。结果，连妈妈也飘了起来。爸爸抓住妈妈的脚，也跟着飘了起来。

那是几天前的事情了。现在，邻居抓着爸爸的脚，警察抓着邻居的脚，面包店老板抓着警察的脚，全都飘了起来。

全城的人为了拉住自己的朋友和家人，纷纷抓住了上一个人的脚，结果大家都飘了起来。我抓着的书已经飞得比高楼还高，甚至比山还高了。当全城的人全都飘在空中时，一只巨大的鼹鼠从土里钻出来，张开了大嘴。如果地上还有人，说不定就被它吃掉了。巨大的鼹鼠看见地上没有人，大吃一惊。接着，它发现有好多人飘在空中，又吃了一惊，然后就返回了土里的世界。

这时，我抓住的书一点点变重，缓缓落到了地上。城里的人又回到了平常的生活中。我对那本书说了谢谢，继续翻开它读了起来。

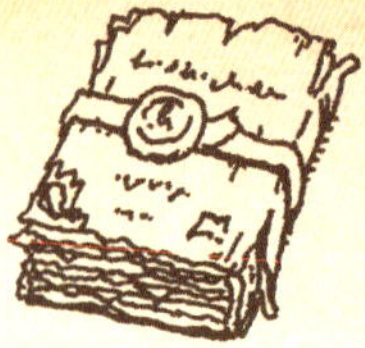

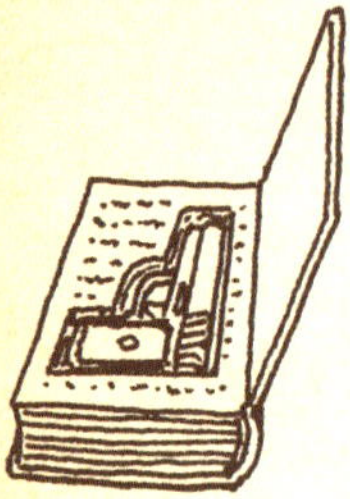

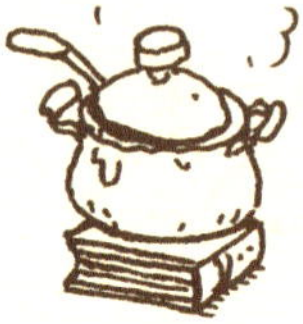

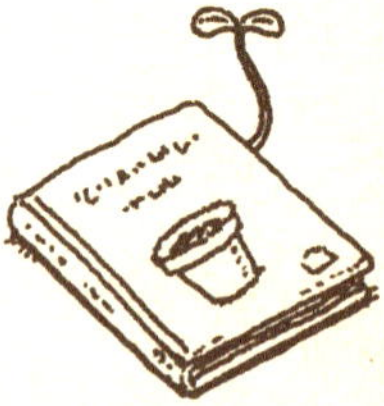

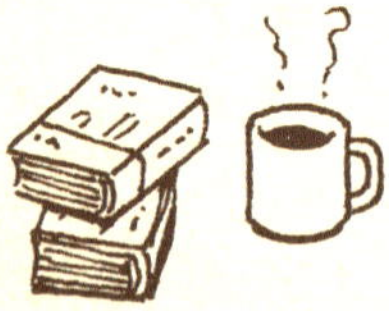

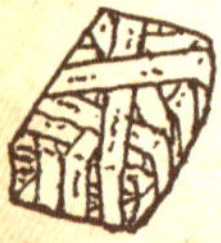

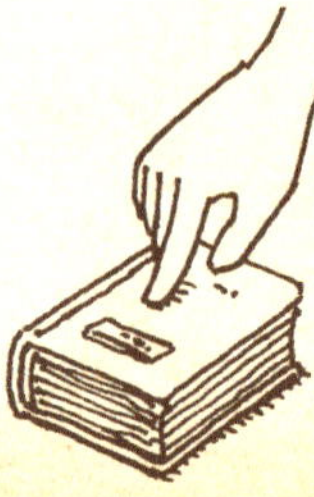

第12夜

那本书，

评价很不好。

因为里面讲了一个英雄败北的故事。

但是对于做什么都不顺利，
做什么都不如常人的当时的我来说，
书中不断失败的英雄，
成了唯一的救赎。

他就像陪着我一起走过低谷的忠实伙伴。

我觉得，那个故事就像是为我而写的。

后来我的生活环境改变了，
境遇也慢慢变好了。
有一天，我突然想起了那本书。

我很想知道，
那本书的作者在创作时，
究竟怀着怎样的想法。

经过各种调查，
我发现了一个惊人的事实。

那本书的作者曾经从过军，
还短暂地与我父亲从属于同一个部队。

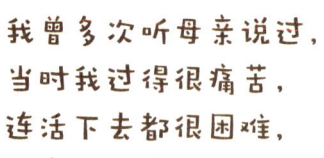

我曾多次听母亲说过,
当时我过得很痛苦,
连活下去都很困难,
父亲直到最后都担心着我。

也许,在死亡随时都会降临的战场上,
　父亲对那个将来会成为作家的人说起过我。

现在，父亲和那位作家
都已经不在人世，
我已经无法查到真相。

但是，那个素未谋面的
作家创作那本书，
也许真的是为了鼓励我。

而我对此一无所知，
却在机缘巧合之下读到了那本书，
并获得了救赎。

假设如此，那本仅仅为了
一个人而写的书，
竟跨越了空间和时间，
成功送到了那个人手上。

世上真的存在这样的奇迹吗？

也许真的存在。
可能性并不为零。

想到这里，
我又发现了一件事。

作者的心意传达给了我，可谓是个奇迹。

那也意味着，这世上还有数不清的书，
承载着献给某个人的心意，
最终却未能传达给那个人。

就像把书信放入瓶中扔进大海，
人类正是将心意寄托在书本上，
才创作了无数的作品。

他们都坚信那无比渺小，
但又隐约存在着的可能性。

第13夜

那本书还没有出生。夜深人静之时，小说家仍在小镇一间破旧的小公寓里奋笔疾书。现在，那本书只存在于小说家的脑海里。没有任何人期待那本书的出生。甚至有人背后议论，说他肯定写不完那本书。

可是，也许将来的某天，有人会看着那本书露出笑容。也许有人会把那本书推荐给朋友。也许有人会用那本书来垫锅底。也许有人会觉得那本书很无趣。这种事谁也说不准。尽管如此，小说家还是在努力着，创作那本尚未诞生的书。

尾声

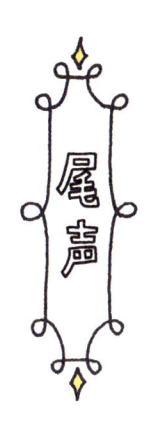

那本书,

封面写着两个人的名字。

那是由某个王国制作的书。

书的后半部分,

讲了这样的故事。

听了那两个人带回来的许多书的故事,

国王心满意足。

然后,国王对大臣说:

"书果然很有意思啊。

"去把这两个人收集到的书的故事,

"整理成一本书吧。"

一个月后，国王去世了。

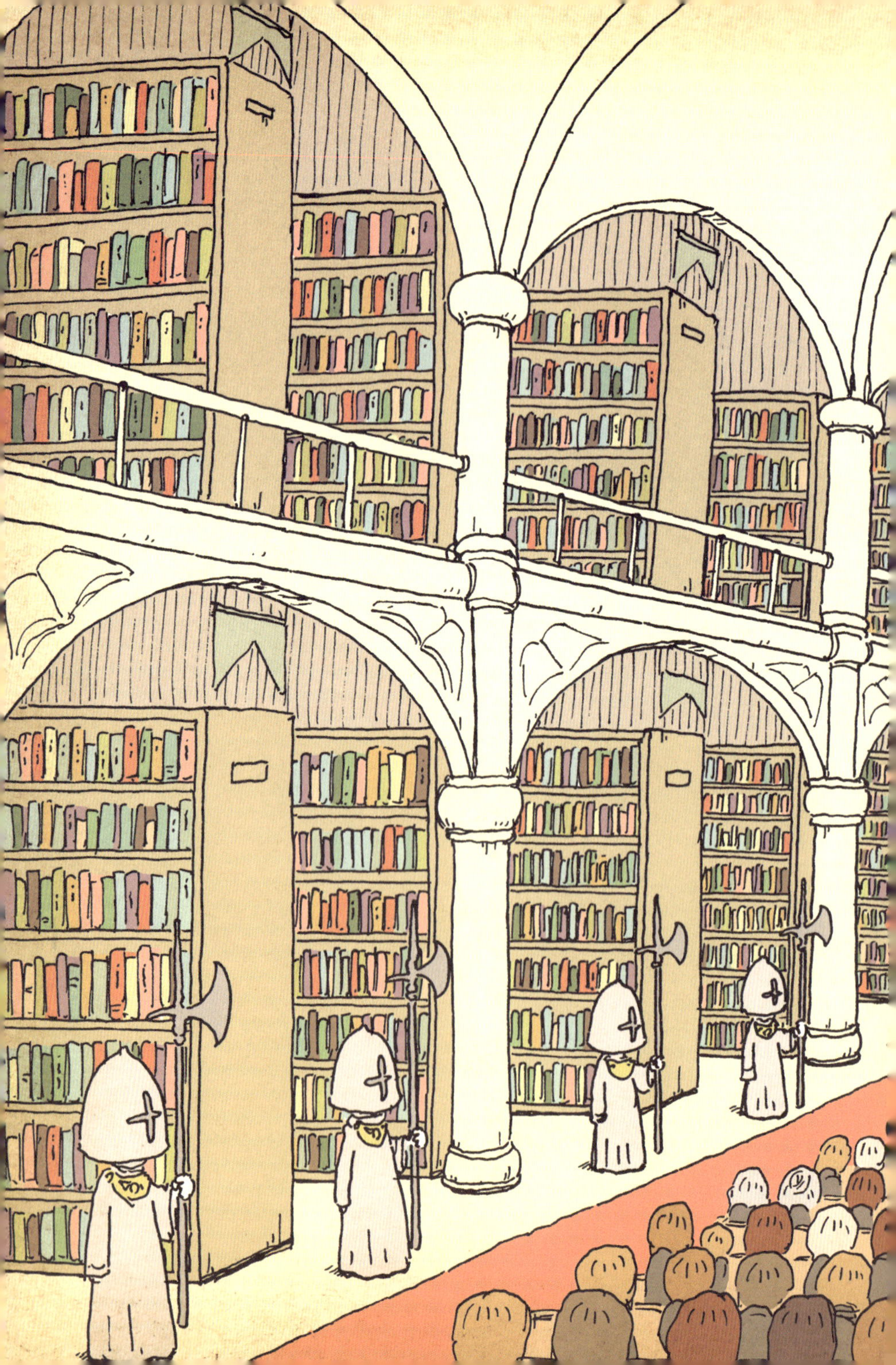

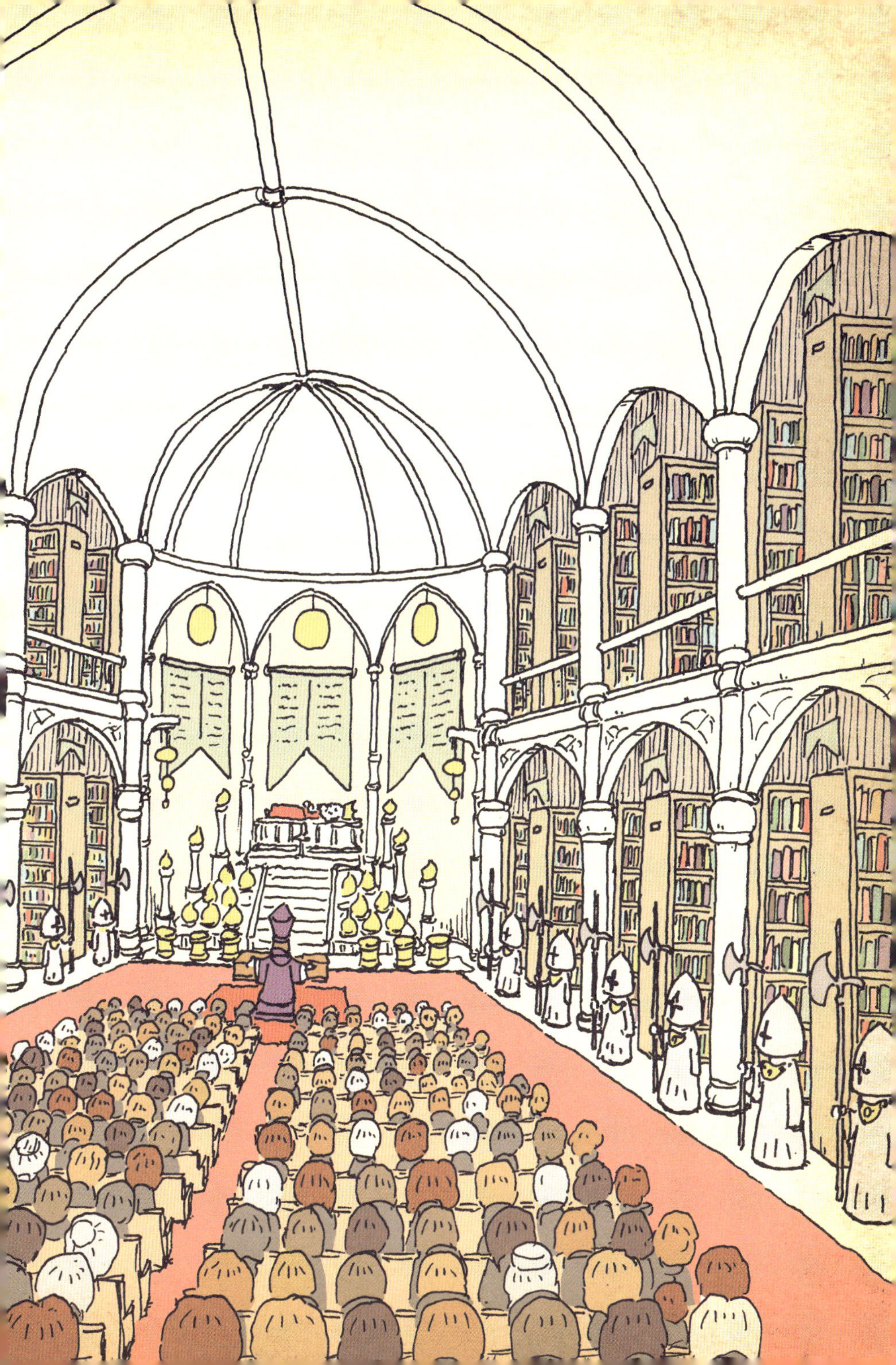

遵照国王临终前的命令,
那两个人收集来的故事,被编成了一本书。

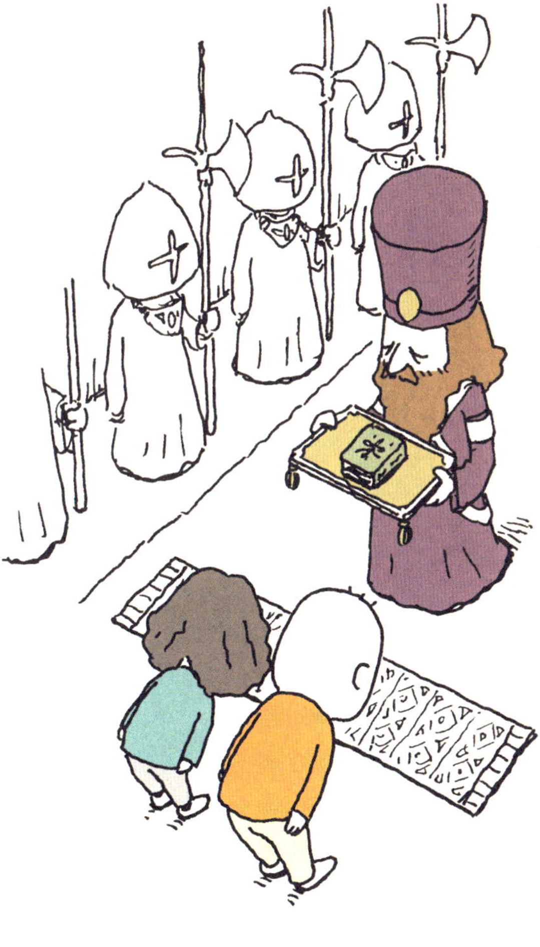

可是半年后，一名记者揭露了
让人倍感意外的事实。

原来那两个人并没有环游世界，
一整年里，他们什么地方都没去。

他们把国王给的旅行经费用作自己的生活费，在家里无所事事地编造了那些故事。

○ 私自挪用旅行经费

○ 欺骗国王

因为这两项罪名，
二人被逮捕了。

法院判决他们有罪，法官问他们：

"你们最后有什么想说的？"

二人想了想，
齐声说道：

"那本书……"

终

Sonohonwa

© Naoki Matayoshi / Shinsuke Yoshitake 2022
All rights reserved.
First published in Japan in 2022 by Poplar Publishing Co., Ltd.
Simplified Chinese translation rights arranged with Poplar Publishing Co., Ltd.
through Beijing Poplar Manyo Culture Project Co., Ltd.
Simplified Chinese translation rights by Thinkingdom Media Group Ltd.

著作版权合同登记号：01-2024-2769

图书在版编目（CIP）数据

那本书是 /（日）吉竹伸介,（日）又吉直树著；吕灵芝译. -- 北京：新星出版社，2024.9
ISBN 978-7-5133-5642-8

Ⅰ.①那… Ⅱ.①吉…②又…③吕… Ⅲ.①长篇小说 - 日本 - 现代 Ⅳ.① I313.45

中国国家版本馆 CIP 数据核字 (2024) 第 085064 号

那本书是

[日] 吉竹伸介　[日] 又吉直树　著
吕灵芝　译

责任编辑	汪　欣	特约编辑	殷秋娟子　冯文欣　刘丛琪
营销编辑	宋　敏　赵倩迪　游艳青	装帧设计	李照祥
内文制作	张　典　贾一帆	责任印制	李珊珊　廖　龙

出 版 人　马汝军
出　　版　新星出版社
　　　　　（北京市西城区车公庄大街丙 3 号楼 8001　100044）
发　　行　新经典发行有限公司
　　　　　电话（010）68423599　邮箱 editor@readinglife.com
网　　址　www.newstarpress.com
法律顾问　北京市岳成律师事务所
印　　刷　北京盛通印刷股份有限公司
开　　本　910mm×1230mm　1/32
印　　张　6
字　　数　60 千字
版　　次　2024 年 9 月第 1 版　2024 年 9 月第 1 次印刷
书　　号　ISBN 978-7-5133-5642-8
定　　价　89.00 元

版权专有，侵权必究。如有印装质量问题，请发邮件至 zhiliang@readinglife.com

我的
那本书是

Sonohonwa

Shinsuke Yoshitake ✦ Naoki Matayoshi

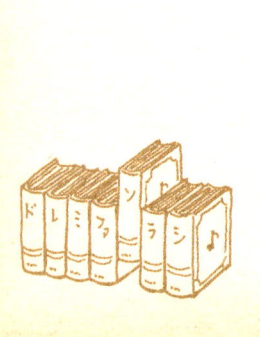

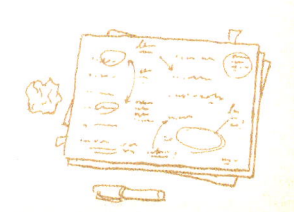

"那本书……"